毎晩ちゅーしてデレる吸血鬼のお姫様 2

著 岩柄イズカ
ill. かにビーム

毎晩ちゅーしてデレる吸血鬼のお姫様2

メル
「お嬢さま、
いい加減覚悟を
決めましょう」

テトラ＝フォン＝ヴァルフレア♡
「わっ!? ちょ、引っ張るなです！」

杉崎まい
「もー、テトラちゃん何してるの？
ほらこっちこっち」
「メル裏切り
やがりましたね!?」

毎晩ちゅーしてデレる吸血鬼のお姫様２

岩柄イズカ

GA文庫

カバー・口絵　本文イラスト
かにビーム

プロローグ

「しろー……だいすきです……」

とろんと蕩《とろ》けた表情のテトラが、自分に覆《おお》い被《かぶ》さっている。

「テトラ……さん……？」

頭がぼんやりして、ふわふわする。

鈍い頭のまま今の状況を確認すると、どうやらテトラの寝室のようだ。

自分はベッドに仰向《あおむ》けになっていて、そこにテトラが覆い被さっている。腕はがっちりと摑《つか》まれて身動きができない。

テトラはとろんとした表情のまま、自分を愛《いと》おしそうに見つめている。その吐息は熱く湿っていて、甘い香りがした。

「しろー……」

テトラが身体を密着させてくる。豊満な胸が自分の胸板に押しつけられ、柔らかな感触と熱い体温。それに早鐘のような心臓の音が伝わってくる。

そのままテトラは目を閉じて、そっと顔を近づけてくる。

「ま、まってテトラさん……！」

避けなきゃと思ったのに何故《なぜ》だか身体が動かない。視界全部がテトラの顔で覆われる。

「ん…………」

柔らかな唇の感触。よくキスの感触をマシュマロとかに例えるのを見るけど、テトラの唇はそれよりも柔らかくて、少し湿っていた。

「ん……、はむ……ん……」

テトラは味わうように唇を動かす。ただ唇同士をくっつけているだけなのに、すごく気持ちよくて、身体が熱くなって、頭がぼーっとする。

「……ぷぁ」

唇が離れる。キスを終えたテトラは幸せそうに笑って、自分の唇に指を当てた。

「えへへ、テトラのファーストキス、あげちゃいました……♡」

その言葉と嬉《うれ》しそうな顔に、どうしようもなく胸がきゅーっとなる。

「ね……しろー、もう一回……」

再びテトラが顔を近づけてくる。

潤んだ瞳《ひとみ》、桜色に染まった頬《ほお》、荒い吐息。

どれもこれもが妖艶《ようえん》で、刺激的で、頭が蕩けていて、今度は避けようなんて考えることもできなかった。

「ん……」

唇が重なると、感触を確かめるようにテトラは唇を動かす。柔らかくて、たまらなく気持ちいい。

テトラもその気持ちよさに夢中になっているようで、もっともっとと求めるようにキスを深くしていく。

やがて、テトラの舌先が唇を割り開いて中に入り込んできた。

「だ、だめだよテトラさ、ん……」

言葉ではそう言うけど、何も抵抗できなかった。

動けない自分の舌に、テトラの舌が絡《から》みついてくる。ぬるりとした感触が気持ちよすぎて、身体がびくんと跳ねる。

頭がぼーっとする。何も考えられないまま、ただテトラのなすがままになっている。

「んっ……、ふぁ……、あむ……」

テトラが漏《も》らす吐息交じりの甘い声が、さらに興奮を煽《あお》ってくる。

ぬるぬるする感触が心地よくて、思考と理性が溶け落ちていくのを感じる。

「……ぷはっ……」

テトラがようやく唇を離すと、二人の口の間で銀糸がつぅと橋を作った。

テトラは息を荒くしながら、うっとりした表情でこちらを見下ろす。

「えへへ……キスって、こんなにきもちいいものだったんですね……」

テトラはとろんとした表情で、唾液で濡《ぬ》れた唇をぺろりと舐《な》め取る。

「しろーは、きもちよかったですか？」

「……うん」

「えへへ……よかったぁ……」

ふにゃりと嬉しそうに笑うと、そっと耳元に唇を寄せて甘い声で囁《ささや》いてくる。

「もっともーっと……きもちよくて、えっちなこと……たくさん、しちゃいましょうね……？」


『ペコン』

「ふあっ⁉」

スマホの着信音にビクッとして、史郎《しろう》は夢から覚めた。

身体を起こし、周りを見回す。そこは今ではずいぶん見慣れた、テトラの屋敷にある自分の部屋だ。

カーテンを掛けているので部屋は暗いが、時計を見るとまだお昼前だ。

一瞬『学校行かなきゃ！』と考えてしまったが、今日は病欠するとすでに学校には伝えてくれているらしい。それを思い出して再びベッドに倒れ込む。

……身体がひどくだるい。

首筋に手をやると昨日テトラに吸血された痕を指に感じた。重い頭のまま昨日のことを思い出す。

──吸血衝動《きゅうけつしょうどう》。簡単に言えば吸血鬼《きゅうけつき》が、パートナーから吸血したいという衝動に駆られてしまうという症状だ。

昨晩、それを発症したテトラに襲われた。

しかし紆余曲折《うよきょくせつ》はあったものの史郎がテトラを受け入れたことにより事なきを得た。

また、その際に自分とテトラが幼馴染《おさななじ》みだったことも発覚した。

史郎は幼い頃に神隠しにあったことがあるのだが、その時に助けてくれた女の子がテトラだったのだ。

二人で旧交を温め合い、そのあとは疲れと貧血で眠ってしまって、今に至る……。

と、ここまで思い返していると途端に罪悪感が湧《わ》いてきた。

なにせ自分はついさっきまで、そうやって奇跡的な再会を果たした幼馴染とエッチなことをする夢を見てしまっていたのだ。

(テトラさんごめんなさい……!)

心の中でテトラに土下座する。恥ずかしさと罪悪感に悶《もだ》えていると、枕元《まくらもと》に置いてあったスマホの画面が点灯していることに気づいた。

テトラからメッセージが送られてきている。史郎は『なんだろう？』と深く考えずスマホを手に取り、そのメッセージを開いた。

『好きです。付き合ってください』

表示されたメッセージに、史郎は思わず「ふぇ？」と間抜けな声を上げてしまった。

まだ寝ぼけているのかとゴシゴシと目をこする。が、見間違いじゃない。頬もつねってみるがバッチリ痛い。

「え？　……え？」

眠気も吹き飛び、驚きのあまりオロオロしていると、ドドドドドと部屋の外からものすごい勢いの足音が聞こえた。直後に蹴《け》り破る勢いで扉が開く。

部屋に入ってきたテトラは肩で息をしながら史郎を睨《にら》むとビシイッ！　と史郎を指さした。

「か、勘違いしないでくださいね⁉　さ、さっきのメッセージは間違って送っひゃぐっ⁉」

思いっきり舌を噛《か》んだ。

「テ、テトラさん大丈夫？」

「ひゃい……」

「えっと、さっきのメッセージは間違って送っちゃったやつなんだね？」

テトラは舌を噛んだ痛みに涙目になりながらも必死にコクコク頷《うなず》く。

「ク、クロが送信ボタン押しちゃっただけですから！　テトラが送ったわけじゃありませんから！　勘違いしないでください！」

「う、うんわかった。わかったから」

そうしてテトラをなだめて、どうにか帰ってもらう。

その後はまだ疲れが残っていたので寝直そうと、史郎は布団《ふとん》にもぐり込みつつため息をついた。

（まあ、そうだよね……？）

正直ドキドキしてしまったけど、流石《さすが》にテトラがいきなりあんなメッセージを送ってくると
は思えない。テトラの言う通り何かの間違いだったのだろう。

（でもだからって、あんな必死に否定しなくても……）

ちょっぴり傷つきつつあらためてスマホを見る。そこにはまだ『好きです。付き合ってくだ
さい』というメッセージが表示されている。

テトラによると、クロが送信ボタンを押しちゃったせいでこんなメッセージが送られてきた
らしい。

だが、そこで史郎は気づいた。

（……じゃあ、このメッセージは誰《だれ》が打ったの？）

クロは子猫にしては妙に賢いけど、流石にこんなメッセージまで打てるとは思えない。

つまり『好きです。付き合ってください』というメッセージ自体はテトラが打ったというこ

とになる。

だがテトラはこのメッセージを間違って送っただけと言っていて……。

(ど、どどど……どういうこと⁉)

結局史郎はその日、それが気になって全然眠れなかった。

†

一方のテトラは、史郎の部屋を出るとゼーゼーと肩で息をしながら自室に戻っていた。

「あ、危なかったです……」

どうにか史郎に悟られることなく誤魔化《ごまか》すことができたと、テトラはホッと胸を撫《な》で下ろす。

しかしそんなテトラの様子を、メイドのメルはどこか残念そうな顔で見ていた。

「誤魔化してしまったのですか？　せっかくなんですからそのまま告白してしまえばよかったのに……」

「だ、だから違うって何度も言ってるじゃないですか！　シローは弟分とかペットみたいなものので、そういう感情は一切《いっさい》ありません！」

「でも、シロー様とエッチなことをする想像はしたんですよね？」

「そ、それを言うのは反則でしょうっ⁉」

――吸血衝動の発症条件はいくつかあるが、その一つが相手に対して性的欲求を抱くことだ。

つまり、史郎に対して吸血衝動を発症したテトラは、史郎に対して性的欲求を抱いたということで……。

恥ずかしさのあまり軽く涙目になっているテトラに対し、メルは子供をあやすように笑いかける。

「大丈夫。何も恥ずかしくありませんよ？　お嬢さまぐらいの年頃なら、好きな男の子相手にエッチな気持ちになることぐらい普通のことですからね？」

「だからテトラはシローのこと好きなんかじゃ……」

「好きでもない男の子相手にエッチな気持ちになったのだとしたら、そちらの方が問題だと思いますがよろしいのですか？」

「……う～～……うう～～～……！」

八方ふさがりな状況に、テトラはもう二の句を継げなくなってしまった。

そんなテトラを愛おしそうに見つめつつ、ここらが潮時と判断したメルは少し話を変える。

「さて！　それはそうとシロー様の学校ももうすぐ夏休みですね」

「夏休み……確か、一カ月ぐらい学校がお休みになるんですよね？」

「はい。夏休みなら一日中お二人で過ごすこともできますし、この機会にあらためてお二人の仲を深めてみては？」

「だ、だからテトラはシローとそういうのじゃ……」

「お嬢さま」

メルの口調がほんの少し真面目《まじめ》なものになる。

「お嬢さまはシロー様に対して、恋愛感情は抜きにしても好意はある。それは間違いありませんね？」

「それは……まあ、認めてやらなくもないですけど……」

「なら何も問題ないじゃないですか。親しい友人として、シロー様とたくさん思い出を作りましょう」

「で、でも……」

「こういうことは意地を張っていると後悔しますよ？」

「い、意地なんて張ってません……ただ……は、恥ずかしいんです……！」

頬を染めながら言ったテトラに、メルは小さく息をつく。

「お友達なら、別に恥ずかしがらなくてもいいのでは？」

「そうですけど……そうですけどぉ……」

「お嬢さまが遊びに誘ったら、きっとシロー様はすっごく喜んでくれると思いますよ？」

「う……う～、メル！　さっきからなんなんですか！　そうやってテトラとシローをくっつけようとするなんて何考えてるです⁉」

「それはもちろん、お嬢さまに後悔してほしくないからです」

「こ、後悔ってそんな大げさな……」

「お嬢さま、人間はせいぜい百年ぐらいしか生きられないのですよ？」

その言葉でテトラは言葉を止めた。

吸血鬼は人間より遙《はる》かに長命で、場合によっては千年以上生きる。

まだ吸血鬼としては幼いテトラにはあまり実感が湧かないだろうが、人間である史郎と一緒にいられる時間は限られているのだ。メルの言葉には思わずそのことを考えてしまう重さがあった。

「今のようにシロー様と一緒にいられる日々はかけがえのないもので、二度と戻らないものなんです。……わかりますね」

「……はい」

「それがわかっているのなら私《わたくし》から言うことはありません。……どうか、悔いのない選択を」

そうしてメルは部屋を出て行った。

残されたテトラはふらふらとベッドまで歩き、ぽふっと倒れ込む。

……メルの言うことはわかる。あれでメルも自分の十倍以上の歳《とし》を重ねた吸血鬼だ。きっとこれまでいろいろなことがあったのだろう。

それに史郎はずっと昔に死んだと思っていたのに奇跡的に再会できた幼馴染みなのだ。これまでできなかった分も仲良くしたいとは思う。

だが、テトラは正直、史郎への気持ちを扱いかねていた。

史郎はこの世界で初めてできた人間の友達で、弟みたいなやつで、ペットみたいに可愛《かわい》くて、血がとっても美味《おい》しくて、自分を救ってくれた恩人で、幼い頃仲良しだった幼馴染みで、……最近、気になって気になって仕方ない男の子だ。

しかも吸血衝動の時に勢い余ってキスまでしてしまった。

史郎が自分のファーストキスの相手……でも、自分はそれを全然嫌だと感じていない。

むしろ……。

胸に手を当てる。心臓がドキドキ高鳴っているのを感じる。

（……テトラは、シローのこと好きなんでしょうか……）

あらためて自分の気持ちに向き合ってみる。

史郎のことを考えると、胸の鼓動がまた少し早くなった。

……史郎のことが気になっている……というのはまあ、百歩譲って認めてあげなくもない。

でも今の関係からさらに先に進みたいかと言われると、よくわからない。

史郎と一緒に過ごす日々はすごく幸せで、ずっとこのままでもいいかなと思ってしまうのだ。

でも時々、ちょっと足りない。もう少し近づきたいと思うときがない訳でもなくて……。

これまであまり異性と接してこなかったテトラには自分の気持ちをどう処理すればいいのかわからない。

今まで通りでいいのか、進むべきなのか、それすら決められなくて頭を抱えていたとき、ふとあることが思い浮かんだ。

（そういえば『まおしつ』のエスカリーゼさんも、そういうのありましたよね）

人気漫画『魔王転生。悪役令嬢の執事になりました（通称まおしつ）』の登場人物、吸血姫《きゅうけつき》エスカリーゼ。

こちらの世界に来て以来いろんな漫画を読んできたテトラだがその中でもエスカリーゼは一番のお気に入りだ。吸血鬼の貴族として憧《あこが》れてすらいる。

そんなエスカリーゼにも長い間離ればなれになっていた人間の幼馴染みがいるのだ。

そのことを思い出し、何かの参考になればと書斎から件《くだん》の漫画を持ってきた。

ベッドに腰掛け、ぺらぺらページをめくっていく。

エスカリーゼの幼馴染みはカノンという、ボーイッシュな感じの人間の女の子だ。

幼い頃はエスカリーゼと仲良しだったのだが生き別れになり、その後大きくなって再会して、カノンはエスカリーゼの従者になる。偶然ではあるのだが、自分達の境遇と大きく重なる。

「……やっぱり面白《おもしろ》いですね、まおしつ」

軽く流し読む程度のつもりだったのに、読み返すとページをめくる手が止まらない。しまいには書斎から続きを持ってきて、結局最新刊まで全部読んでしまった。

中でも目を引いたのは、やはり幼馴染み同士であるエスカリーゼとカノンの関係性だ。普段はなかなか隙を見せないエスカリーゼなのだが、幼馴染みであるカノンの前では弱い部分を見せることもあって、カノンもそれを受け入れて、甘えさせてあげて。

女の子同士……いわゆる百合《ゆり》描写ではあるのだが、二人の仲睦《むつ》まじい様子にテトラは無意識に自分と史郎を重ねて胸をキュンキュンさせていた。

（……そういえばこれ、ネットとかだともう最新話見られるんですよね？）

テトラは基本的に紙の単行本派なのだが、ネットではすでに続きが配信されている。つい、早く続きを読みたい誘惑に逆らえず、テトラはスマホで漫画アプリをダウンロード。早速課金して単行本の続きを読み進める……と。

『エスカリーゼ様……僕は、あなたのことを愛しています』

「……っ⁉」

思わず息をのんだ。これまで度々匂《にお》わせはあったものの、ついにカノンがエスカリーゼに対して秘めた愛を告白したのだ。

テトラはたちまち真《ま》っ赤《か》になってキョロキョロ周りを見回す。近くにいるのは眠そうにあくびしているクロだけだ。

胸をドキドキさせながら、漫画の方に視線を戻す。

女の子同士、しかも人間と吸血鬼という禁断の関係。

けれどもエスカリーゼはそれを受け入れて、想《おも》いを伝え合った二人はそっと唇を重ね合う。

二人に自分と史郎を重ねていたテトラは、無意識に自身の唇に触れた。

……史郎は覚えていないのだけど、吸血衝動の時にテトラも史郎とキスしたのだ。

いつもなら吸血してる時のことは何も覚えていないのに、あの時のことだけは鮮明に思い出せてしまう。

史郎の唇は柔らかくて、甘くて、舌を絡ませる感触がすごく気持ちよくて、頭が蕩けてしまいそうなほど幸せで。

あの感触を思い出すだけで、なんだか身体が熱くなってしまって……。

(……って、なんでテトラがこんなこと考えてるんですかシローのばかあああああっっ‼)

我に返るとあまりにも恥ずかしくて、心の中で史郎に八つ当たりしながらベッドの上を転げ回る。

そんなテトラを、クロはため息でもつきそうな顔で見つめるのだった。

一話　幼馴染みと夏休み

少し時間は流れて、学校。一学期終業式の日。

吸血衝動《きゅうけつしょうどう》の一件から二日後にはすっかり体調が戻った史郎《しろう》は、無事に期末試験も乗り越えこの日を迎えていた。

「ねえねえ、紅月《あかつき》くんは夏休みどっか行くの？」

教室で一学期最後のホームルームが始まるのを待っていた時、前の席の杉崎《すぎさき》さんが振り返ってそう訪ねてきた。

「いや、特に予定ないよ？」

「あれ？　そうなんだ。紅月くんの彼女って外国人だし、海外旅行とか行くのかなーって思ってたのに」

「だ、だからテトラさんはそういうのじゃないから！」

「はいはいわかったわかった。くそー、海外旅行のお土産をおねだりする計画がー」

そう言ってケラケラ笑う杉崎さんに史郎も苦笑で返す。

「そういう杉崎さんはどっか行くの？」

「ううん、私は夏休みの間はバイト三昧《ざんまい》。ちょっといろいろ買いたい物あるからね」

「買いたい物……服とか？」

「んー、まあそんなとこ。それより紅月くんはせっかくの夏休みなんだし頑張ってね」

「頑張るって……何を？」

「そりゃあもちろん、彼女さん……テトラちゃんだっけ？　テトラちゃんとの仲を深めることに決まってるじゃん。なんならこの夏休みの間に一気に大人の階段登っちゃえ♪」

「な、ななな……!?」

「お～、真っ赤《まか》になってる～。ふふ、紅月くんはホント弄《いじ》りがいがあるね～♪」

あたふたする史郎に対して、杉崎さんは楽しそうに笑っていた。


そんなこんなで無事に学校を終えた史郎は屋敷への帰路についていた。

帰りのバスに揺られながらあらためて考える。

(夏休み……か)

高校生になって初めての夏休み。そして今回の夏休みは今まで経験してきたものと何もかも違う。

今までなら家族と過ごしたり、お小遣《こづか》いをもらって妹と街に繰り出したりという程度だった。

だが今年はテトラと……好きな女の子と一つ屋根の下に暮らしているのだ。

やっぱりドキドキするし、男子としては何かあるんじゃないかとちょっぴり期待してしまう。

そうしていると、つい杉崎さんの言葉を思い出してしまった。

『なんならこの夏休みの間に一気に大人の階段登っちゃえ♪』

（…………いやなに考えてるの僕⁉）

慌てて頭を振って煩悩《ぼんのう》を追い払った。

史郎も健全な男子高校生だ。その手の欲求は人並みにある。

けどだからといって大切な友人で幼馴染みであるテトラをそういう目で見るのはよくない。

史郎は自分に言い聞かせるように心の中で呟《つぶや》く。

（……だけど、なあ……）

史郎はチラリと、スマホに視線を落とす。

スクリーンショットの一覧を見れば、そこには先日テトラから送られてきた『好きです。付き合ってください』というメッセージの画面が今も保存されている。

先日の一件の時、ついテトラがメッセージを消してしまう前に保存してしまったのだ。

自分でも何をしてるんだとは思うけど、やっぱり思春期の男子高校生としては好きな女の子からこんなメッセージを送ってこられたらドキドキしてしまうし、心の片隅で期待してしまう。

そうこうしているうちに屋敷に帰ってきた。

玄関の扉を開けると、ちょうどテトラが二階から下りてくるところだった。

「テトラさん、ただいま」

「……おかえりなさい」

テトラの頬《ほお》はほんのり赤い。史郎を見つめながら、何か言いたげに口をもごもごさせている。

「？　テトラさん、どうかした？」

「……ちょっとお話がありますから、部屋まで来てください」

「え？　う、うん」

史郎はそうして、テトラの部屋までついて行った。


テトラの部屋はいかにもお姫さまという感じの部屋だ。高級感のある家具に天蓋《てんがい》付きのベッド。分厚い絨毯《じゅうたん》は歩いているだけで気持ちいい。

そして何より、部屋に足を踏み入れた時に感じる甘い匂《にお》いに、史郎はまたドキドキするのを感じていた。

ほぼ毎晩吸血のためにテトラの部屋を訪れてはいるのだが、これだけはいつまでも慣れない。

「……とりあえずベッド、座ってください」

言われた通り史郎はベッドに座り、少し離れた場所にテトラも座る。ギシッと軋《きし》むベッドに何故《なぜ》だかドキリとしてしまった。

「…………」

「………」

沈黙が流れる。テトラの顔が赤い。そんなテトラの様子に、史郎も何だか緊張してきてゴクリと生唾を飲み込む。

テトラは一度深呼吸すると、ゆっくりと話し始めた。

「……明日から、夏休みなんですよね」

「う、うん」

「今のところ、何か予定とかありますか？」

「いや、別にないけど……」

「じゃあ……しばらく、毎日一緒にいられるんですね」

「う、うんっ」

思わず軽く声が上擦《うわず》ってしまった。

「シロー……」

ちょんと、テトラが史郎の制服をつまむ。何かを求めるように潤んだ瞳《ひとみ》で見上げられ、『もしかして⁉　もしかして⁉』といろいろ想像してしまって心臓がバクバク暴《あば》れている。

「あの……ですね」

「は、はいっ！」

「シ、シローと幼馴染み、してみたいです」

「……はい？」

思わず怪訝《けげん》な声を返した史郎に、テトラはワタワタする。

「あ、いや、変な意味じゃなくてですね？　その……テトラとシローって、幼馴染みなわけじゃないですか？」

「まあ、そうなるのかな？」

「けれどテトラ達、ずっと離ればなれで、一緒に遊んだりもできなくて……だからシローが夏休みの間に、一緒にいられなかった分を取り戻したいというか……ど、どう、ですか？」

思いもよらない提案に史郎はポカンとしていたが、意味を飲み込むと満面に笑顔を浮かべた。

「いいね、やろっか、幼馴染み」

「は、はい。やりましょう、幼馴染み」

テトラも嬉《うれ》しそうに顔を綻《ほころ》ばせる。その笑顔を見ただけで、胸がキューッとなってしまう。どんどん顔が緩んでいくのを感じる。

「な、なにニヤニヤしてるですか？　テトラ、そんな変なこと言いました？」

「ごめん。テトラさんから僕と仲良くしたいって言ってくれたの、すごく嬉しくて」

テトラは史郎にとって恩人で、幼馴染みで、大好きな女の子だ。そんな子が自分ともっと仲良くしたいと言ってくれたのだ、嬉しくないわけがない。

一方のテトラは恥ずかしいのを誤魔化《ごまか》すようにぷいっとそっぽを向く。

「か、勘違いしないでください！　これはあくまでも旧交を温めようっていう話で、べ、別に深い意味はないんですからね⁉」

「うん。それでも嬉しい」

「……～～っ」

テトラはそっぽを向いたままこっちを見てくれない。けれど耳まで赤くなっていて、羽がパタパタしていた。

「……それで、幼馴染みしたいって話だけどどんなことするの？」

「えっとですね……」

†

「シロー、そっちのアイテム取ってきてください」

「う、うん、いいよー」

史郎の声は若干《じゃっかん》緊張気味だ。

二人はベッドに腰掛け、一緒にゲームをして遊んでいる。

それ自体は以前からやっていたことではあるのだが……テトラの距離が、すごく近いのだ。

二人でぴっとり寄り添うような距離。テトラの肩が二の腕に触れていて、その部分があったかい。ちょっとした接触ではあるのだが、思春期の男子高校生にはかなりの刺激だ。

「あ、あの……テトラさん」

「……なんですか？」

「……いや、ちょっと、近くないかなーって」

「な、なんですか？　テトラとくっつくの、嫌なんですか？」

「そ、そんなことないよ！　……むしろ……う、嬉しいけど……」

「嬉しいってなんですか！　や、やらしいです！」

「ごめんなさいっ⁉」

そうやって文句は言うものの、テトラは史郎にぴっとり寄り添ったままだ。

「べ、別に幼馴染みなんですしこれくらい普通です！　ほら、『まおしつ』でも幼馴染みであるエスカリーゼさんとカノンさんがこれくらいの距離で読書してますし！」

テトラは『これが証拠です！』とばかりに漫画のページを見せてくる。

確かに漫画の中では、仲のいい女の子二人が自分達と同じくらいの距離感で読書をしている。

だが、そうは言うもののテトラも耳まで真っ赤だ。女心には鈍い史郎も、流石《さすが》にテトラが恥ずかしがっていることぐらいはわかる。

なのにテトラは離れようとしない。顔を赤くしたまま、史郎と寄り添ってゲームを続ける。

――二人がやっているのは『グランドゲート』という老舗《しにせ》ＭＭＯＲＰＧだ。

一学期の期末テストが終わったあたりから二人で始めたのだが、これがなかなか楽しくて最近二人でゲームをする時はだいたいこのゲームだ。

画面の中では史郎の操作する『シロー』と、テトラの操作する『テトラ』が広大なフィールドを駆け回っている。

「シロー、さっきのボス戦で『精霊の羽衣』手に入れたんですね。羨《うらや》ましいです」

空気を変えるように、テトラは明るい声を出しつつ史郎のスマホを覗《のぞ》き込んでくる。

ふわりと漂ってきたテトラの髪の甘い匂いにさらにドキドキしつつも、史郎もなんとか平静を装って答える。

「う、うん。よかったらあげようか？　僕二つ持ってるし」

「ホントですか？　それでは遠慮なく……」

そうして、史郎がテトラにアイテムをプレゼントする。

すると画面の上部に、ピロリン♪　という効果音と共にシステムメッセージが表示された。

『シローとテトラの結婚が可能になりました』

――このゲームはプレイヤー同士で一緒に冒険したりアイテムの交換を繰り返していると結婚ができるようになる。

さっき史郎がアイテムを渡したことでその条件を満たしたわけだが……。

「…………」

「…………」

史郎もテトラも、そのメッセージを見て固まってしまった。

テトラはほんの少し史郎と距離を離すと、胸に手を当て深呼吸。そしてコホンと咳払《せきばら》いする。

「シロー」

「な、なに？　テトラさん」

「いや、別に大したことではないんですけどね？　なんかこのゲームの結婚って便利らしいですよ？　アイテムの受け渡しが楽になったり、同じ家に住めたり……」

「そ、そうなんだ。じゃあ、け、結婚……する？　その、便利そうだし……」

「……0点です」

テトラは赤くなったまま、ぷうっと頬を膨らませる。

「……えっと、テトラさん？」

「け、結婚って女の子の夢なんですよ？　……ゲームとはいえ、もうちょっとちゃんとしてほしいです」

どこか熱っぽい瞳でそんなことを言われて、ゲームの話なのはわかっているのにますますドキドキしてしまう。

とはいえ、プロポーズの仕方なんてわからない。どうしようかなと考えていると、この前テトラに貸してもらった少女漫画にそういうシーンがあったのを思い出した。

「そ、それじゃあ……」

少女漫画を真似《まね》てテトラの前に跪《ひざまず》く。そしてテトラの手を取り、テトラの目を真剣な目で見つめて……。

「テトラさん……僕と、結婚してください」

ここまでされるとは思っていなかったのか、テトラはぷしゅーと湯気が出そうなほど顔を真っ赤にしてしまった。

「……これでいいのかな？」

「や、やり過ぎです！　誰《だれ》がそこまでしろと言いましたか！」

「ええ……」

「け、けどまあ？　シローにしては悪くなかったです。シローがそこまで言うなら……け、結婚、してあげても、いいです」

そう言うテトラは、何故かそっぽを向いてこちらを見てくれなくなってしまった。けど羽がもう千切れんばかりにパタパタしている。

史郎も心臓をバクバクさせながらテトラの隣に座り直す……と。

ぽふっと、テトラが史郎の方にもたれかかってきた。そのまま頭を肩に乗せてくる。

「……あの、テトラさん？」

「勘違いしないでください。ちょっと疲れたからもたれてるだけです。……だめ、ですか？」

「う、ううん。駄目じゃないよ？」

「……♪」

すり、とテトラは軽く頭を動かす。

ドキドキしすぎて、史郎はもう完全に固まってしまった。まるで恋人同士のような距離感に、いけないと思いつつもどうしても意識してしまう。

そのままゲームを進めて、ゲームの中の『シロー』が『テトラ』にプロポーズする。テトラもそれを受け入れて、二人で結婚式を挙げる。

テトラはその様子を、どこかぽーっとした目で見つめていた。

やがて結婚式が終わるとテトラは何やら身体をもじもじさせ始めた。チラチラと、様子をうかがうようにこちらを見てくる。

「どうかした？」

「……少しつかれました。休憩しましょう」

「うん。それじゃあ僕も部屋に戻って……」

言い終わる前に、テトラが史郎の膝《ひざ》に倒れ込んできた。そのままちょうどいい場所を探して、史郎の膝を枕《まくら》にしてしまう。

「テ、テトラさん⁉」

「い、いちいち動揺しないでください！　幼馴染みなんですからこれくらいのスキンシップ普通です！」

「で、でも……」

「な、なんですか！　テトラに膝枕《ひざまくら》するの……嫌なんですか？」

「そんなことないよ！　そりゃあ僕も……テトラさんとこういう風にできるのは……嬉しいけど……テトラさんこそ嫌じゃないの？　僕とこういう風にするの」

「……嫌だったらこんなことしません」

ごにょごにょと誤魔化すように言ったテトラは恥ずかしそうに視線をそらす。

けれど史郎の膝から離れようとはしない。膝にかかるテトラの重さが、なんだかすごく愛《いと》おしい。

そうしていると、テトラはチラリと史郎の方を見た。

「……テトラの頭、撫《な》でてくれてもいいですよ？」

「え？」

「テトラの頭！　撫でてくれてもいいですよ！」

『撫でろ』と言わんばかりにそう言われて、史郎はそっと、テトラの頭に手を伸ばした。

「ん……」

するとテトラは心地よさそうに目を細め、そのまま史郎の手を受け入れてくれる。

さらりとした髪の感触が手に伝わってくる。まるで絹糸に触れてるような手触りに、テトラのほのかな温かさを感じる。

「………♡」

テトラは何も言わず、心地よさそうに目を閉じて史郎が撫でるのを受け入れてくれている。その表情は穏やかで、こうして触れ合うのを心地よく感じてくれているのがわかる。それだけでますます胸の鼓動が高鳴ってくる。

「……ねえ、シロー」

「なに?」

「……どうしてそんなに優しくしてくれるんですか?」

「え?」

突然の質問に戸惑っていると、テトラは少し不安げな瞳で見上げてきた。

「テトラはいつもわがまま言ってばかりですし……それにテトラは吸血鬼なんですよ? 吸血衝動《きゅうけつ》のこともあったのに……怖いって、思わないんですか?」

「怖いなんて思わないよ。テトラさんは優しい子だって知ってるし、僕の大切な人だから」

「……本当にバカですね。シローは」

「ば、馬鹿《ばか》って」

「でも……そういうとこ、嫌いじゃないです……」

「……うん」

そして二人は黙った。ただお互いの体温を感じて、同じ時間を共有する。

部屋に置かれた古時計が時を刻む音がやけに大きく聞こえる。心臓がドキドキするのを感じながら、静かな時間が過ぎていく。

それはとても幸せで、愛おしい時間で、ただ……。

（これ僕！　どうすればいいの⁉）

史郎はすでにいっぱいいっぱいになっていた。

テトラはいつも自分のことを弟やペットのような存在と言っているし、家族と疎遠なのも知っている。少し前までなら、史郎もテトラが家族として甘えてくれていると思えただろう。

だが先日の吸血衝動の後、史郎とテトラはキスする直前までいったし、そのあとに『好きです。付き合ってください』なんてメッセージまで送られてきたのだ。

そのことを思い出すだけでたまらない気持ちになってしまうのに、こうやって甘えられてしまうとつい『テトラさんももしかして僕のこと……』なんて考えてしまう。

自分の膝に頭を乗せているテトラはとても無防備だ。

ほのかな体温と膝にかかる重さ、頭を撫でると伝わってくるさらさらした髪の感触が心地いい。

それに何より、大好きな女の子が自分にそんな無防備を晒《さら》してくれているということにたまらなくドキドキしてしまって、心臓の鼓動がどんどん早くなる。

テトラの気持ちを確かめたい。その気持ちがどんどん高まって……つい、あふれ出た。

「あの……さ。ちょっと、変なこと聞いて、いいかな……？」

「ん……なんですか？」

「……テトラさんって、僕のこと……好き、なの？」

「……～～っ⁉」

テトラはガバッと起き上がり史郎から離れた。顔が真っ赤で目が泳ぎまくっている。

「な、ななななに勘違いしてるですか⁉　テ、テトラは吸血鬼の貴族なんですよ⁉　そ、そんなシローのことなんて……」

「じゃあ、なんで吸血衝動の後、ぼ、僕と、キス、しそうになったの？」

史郎が言っているのは吸血衝動の後、史郎が血の吸われすぎで弱っている時のこと。

その時はテトラが看病してくれたのだが、添い寝して、抱きしめて、『キスしてもいい』なんて言ってきたのだ。

それを言うと、テトラは恥ずかしさのあまりか涙目になっていた。

「あ、あ、あれは違うんです！　あの、その、あれはその場の勢いというか……！」

「……テトラさん、勢いで男の人とキスしちゃうの？」

本気で心配そうな顔をする史郎に、テトラはますます慌てる。

「ちが、違うんです！　あれは……その……」

口ごもってしまったテトラに、史郎はさらに続ける。

「それにその後、『好きです。付き合ってください』ってメッセージくれたよね？」

「だ、だからあれはクロが送信ボタン押しちゃっただけって言ったじゃないですか！」

「メッセージ自体はテトラさんが打ったやつだよね？　いくらなんでもクロがあんなメッセージ打てるとは思えないし」

「だ、だからあれは……～～～～っ」

テトラは視線を右往左往させる。その視線がふと、史郎の首筋にある吸血痕を捉《とら》えた。

「そ、そう！　対価！　対価です！」

「……対価？」

「そ、そうです！　ヴァルフレア家の家訓は『価値あるものには相応の対価を』です」

そこまで言って、テトラは声を鎮《しず》めた。

「……テトラはシローに、ものすごく大きな恩があります。テトラが吸血衝動を発症したとき、シローが許してくれて、受け入れて、抱きしめてくれて……シローがああしてくれなかったら、テトラは……」

テトラが吸血衝動を発症して史郎に襲いかかったことは、史郎の意向で他の人には隠している。

もしそうしていなければテトラは本家に連れ戻され、二度とこの屋敷には帰ってこられなかっただろう。

そんな未来を想像したのか、テトラはわずかに身体を震わせた。

「本当に本当に、シローには感謝してるんです。テトラは、シローに何かお返しがしたいんです。……けど、テトラはお返しになるようなものを持ってません。だから……その……」

テトラは視線をそらせて髪をいじくりながら、ちょんと史郎の服をつまんだ。

「もし、シローが………キ、キス、とか……したい、なら……い、一回ぐらいしてあげても、いい……ですよ？」

「…………」

「あ、あの？　シロー？　な、なんだか目がこわいで……きゃっ⁉」

史郎にガシッと両肩を摑《つか》まれ、テトラは思わず声を上げた。真剣な目で見つめられ、追い詰められた小動物のようにワタワタしている。

「あ、あのっ⁉　テトラそういうの全面的に不慣れなのでできれば優しくしてほしくてあのあの」

「テトラさん、そういうの、本当にダメ。もう二度と言わないで」

静かに叱りつけるような声。いつも優しい史郎が、少し怒っている。それを感じ取ったテトラはしょぼんと目を伏せた。

「……ごめんなさい。テトラなんかじゃ、お礼になりませんよね……」

自虐気味にはかれたテトラのその言葉で、史郎の中でなにかが切れた。

「いやしたいよ⁉　僕も男なんだしテトラさんみたいな可愛《かわい》い女の子とキスできたら嬉しいに決まってるじゃん⁉」

史郎は吠《ほ》えた。あまりにどストレートに言われて、流石にテトラも面喰《く》らった。

「だってテトラさん小さくて可愛いし綺麗《きれい》だしおっぱい大きいし肌まっ白ですべすべだし服もおしゃれで可愛いしおっぱい大きいし‼」

「シ、シロー？」

「それに普段いじっぱりだけど本当は素直で甘えん坊なところ可愛いし吸血の時は僕が痛くないように優しくしてくれるいい子だしお姉ちゃんぶってるけど本当は寂《さび》しがり屋なところとか構ってあげたくなるし！」

「あ、あの……ま、まって……」

「でも僕はテトラさんのこと大切にしたくて！　キスとかそういうのはちゃんと好き同士になって気持ちを伝え合ってからするべきものだと思うし女の子にとってキスって大切なものだとおもうからテトラさんにお礼とかそういう理由で自分のこと軽く扱ってほしくなくて、それで……」

「シ、シロー！　ストップ！　ストップですーーっ！」

テトラが顔を耳まで真っ赤にして史郎の言葉を遮《さえぎ》った。

それで史郎も正気に戻って、テトラとは逆に真っ青《まさお》になった。

つい、勢い余って自分がテトラのことをどう思っているかぶちまけてしまった。見るとテトラは涙目になってぷるぷる震えている。

「ご、ごめん！　ぼ、僕なに言って……本当にごめん！　い、嫌だよね男の僕にそういう目で見られるの……」

「…………………です」

「……え？」

「……別に、シロー……なら、その……」

蚊の鳴くような小さな小さな声で、けれど確かにテトラは言葉を紡《つむ》ぐ。

「い、いやじゃ……ない、です……」

そんなテトラの言葉に、史郎の心臓がドクンと跳ねる。

二人の間に沈黙が落ちた。ドキドキしすぎて、心臓の音が相手に聞こえるんじゃないかと心配になりそうなぐらいの静寂だった。

（そ、それってつまり……）

史郎はゴクリと唾を飲み込んだ。これから何を言うべきかと次の言葉を探す。

……だが、先に静寂に堪えかねたのはテトラの方だった。

「か、勘違いしないでくださいねっ⁉」

叫ぶようにそう言って、涙目のままビシィッと史郎を指さす。

「シ、シローはあくまでテトラの弟とかペットみたいなもので変な意味はありませんから！

別にテトラは史郎のことなんてこれっぽっちも好きじゃないんですからね⁉」

「………………」

「あ⁉　いや⁉　好きじゃないっていうのは好きじゃないって意味じゃなくてえっと、えっと……そう！　シローはテトラの家族みたいなものですから！　そ、そういう意味では……まあ、好き、ですよ？」

「そっか……僕もテトラさんのこと、家族として大好きだよ」

「〜〜〜〜っっ‼　うぅ〜〜〜〜〜〜〜っっ‼！」

テトラは真っ赤な顔を両手で覆《おお》って悶絶《もんぜつ》し始めた。

「あ、あの？　テトラさん？」

「うるさいですバカぁ！　もう知らないです！　疲れたから寝ます！」

テトラはそう叫んで布団《ふとん》を被ってしまった。

まだお昼ではあるのだが、本来吸血鬼であるテトラは寝ている時間、史郎に合わせて若干無理して起きているだけだ。それを知っている史郎はもう何も言えなかった。

「……うん。おやすみ」

そうして史郎は自分の部屋に戻った。

†

「もーっ！　もーーっ!!　シローのばかあああああっっ!!」

史郎がいなくなった後、テトラは枕に顔を埋めて足をバタバタさせていた。

あと少し、もうほんの少しだったのに恥ずかしさが限界で、変に誤魔化してしまった。

「シローのバカ！　ヘタレ！　意気地なし！」

いろいろぶち壊してしまったのは自分の方なので完全に八つ当たりなのだが、史郎があとちょっとでも積極的だったら……そう思うとやるせなくて、ボフンボフンと枕を叩《たた》く。

そうやって一通り八つ当たりを終えて、少し冷静になって枕に顔を埋めて先程のことを思い出す。

テトラもあの時、すごくドキドキしていた。他の男の人にそういう目で見られたら嫌なのに、史郎がそういう目で自分のことを見ていたと聞いてドキドキしてしまった。

（シローって、テトラのことあんな風に思ってたんですね……）

少なくとも、史郎は自分のことを異性として意識している。くっついたらドキドキしてくれるし、キスしたくなるぐらい魅力的な女の子だと思ってくれている。

そう思うと勝手に口角が上がってきてしまう。もうジッとしてられなくて、枕を抱きしめてゴロゴロ転がる。

『テトラさん……僕と、結婚してください』

史郎が言ってくれたことを思い出す。ゲームのことだとわかっているのに、あの言葉を思い出すと胸がきゅーっとする。

「しろー……」

枕に顔を埋めて、そんな未来を想像する。

純白のウエディングドレスに身を包んで、小さな教会で永遠の愛を誓い合って。

夜になったら一緒のベッドで、お互いの体温を感じながら抱きしめ合って。

史郎の美味《おい》しい血をお腹《なか》いっぱいのんで、夫婦なのだからそのままキスしたり……もっと、先のこともしちゃったり……。


……………………。


「…………って、テトラはなに想像してんですかもぉーっ！　シローのばかあぁーっ！」

ボフンボフンと枕をベッドに叩き付《つ》けるテトラ。

そんなテトラを、クロは部屋の隅で『今日もやってんなぁ』と言いたげな目で見つめるのだった。

†

(家族としては好き……か)

テトラが部屋でのたうち回っている頃、史郎も史郎でテトラの言葉を思い出し、深くため息をついていた。

——正直に言えば、ちょっとだけ期待していた。

あのメッセージのこととか、『キスしてもいい』なんて発言のこととか。もしかしたらテトラが自分のことを異性として好きになってくれたんじゃないか……なんて。

(そんな都合のいいこと、そうそうないよね……)

またため息をつく。期待が大きかっただけにダメージも大きい。

……とはいえ、テトラに家族として好かれているというのもそれはそれで嬉しくはある。

テトラの生い立ちは聞いている。幼い頃から親と離れ、メルと二人だけで人里離れた森の中に隠れ住んでいたそうだ。

そのせいか、どうもテトラは家族愛というものを求めている節がある。史郎と幼馴染みしたいなんて言い出したり、最近スキンシップが多かったりするのもきっとその関係だろう。

……テトラの求めている部分を自分が埋めてあげたい。

親に甘えたり、友達と遊んだりできなかった分も自分がテトラをいっぱい甘やかして、たくさん遊んであげたいと思う。

だからテトラへの恋心は一度心の奥深くへしまい込む。

そうして史郎は、家族としてテトラをめいっぱい愛《め》でる覚悟を決めてしまったのだった。

二話 お礼兼お仕置き

その日の夜、史郎《しろう》はテトラの部屋に向かっていた。

お昼のことがあって若干《じゃっかん》気まずいものの、だからといって吸血……要するにテトラのご飯を抜きにするわけにもいかない。

テトラの部屋の前であらためて深呼吸。軽く咳払《せきばら》いして扉をノックする。

「テトラさん、僕だけど」

「……どうぞ」

扉を開けると、テトラは枕《まくら》を抱いてベッドに腰掛けていた。

格好は薄手の白いネグリジェ姿。少し前にお風呂《ふろ》に入っていたようで、肌がほんのり色づいている。そんな色っぽい姿についゴクリと生唾を飲んだ。

だがほんの少し前にテトラを家族として愛《め》でると決めたのを思い出し、慌てて煩悩《ぼんのう》を押さえ込む。

「えっと、吸血してもらいに来たんだけど……」

「……じゃあ、こっち、座ってください」

テトラは枕に顔を半分埋めながらぼそぼそ言った。なんだか少し気恥ずかしそうだ。

お互いなんとなくギクシャクしながら、史郎は言われた通りテトラの隣に腰掛ける。

「…………」

「…………」

しばし沈黙。テトラは何か言いたそうにもごもご口を動かしていたが、結局何も言えず黙り込んでしまった。

代わりにちょん、と史郎の服の袖《そで》を引っ張る。

「……テトラさん？」

「……今日、最初は腕から吸血させてください」

「え？　う、うん」

史郎が言われた通り腕まくりしてテトラに腕を差し出すと、テトラはそこにかぷっと噛《か》みついた。

そのまま史郎の血を一口、二口。それだけ飲んでテトラは口を離した。

史郎の血を飲むといつもふにゃふにゃに酔っぱらってしまうテトラだが、何も一口飲んだだけでベロベロになるわけではない。

現に今は少し飲んだだけなのもあって、ほろ酔いという感じで頬《ほお》を上気させているだけだ。

そしてテトラは気持ちを落ち着けるように一度深呼吸。ネグリジェのスカート部分をぎゅっ

と握る。

「シローは、テトラのことどう思ってるんですか?」

「え……?」

唐突な質問に、史郎は呆《ほう》けた顔をする。テトラはそんな史郎の返事を待たず言葉を続けた。

「シローは、テトラと……キ、キスできたら嬉《うれ》しいって、言ってましたよね……?」

震える声でそう言って、テトラはどこか熱っぽい目で史郎を見上げた。

「それってつまり……テトラのこと、好きってこと……ですか?」

「……っ」

心臓が破裂しそうなぐらいドキドキしている。本音を言えばその通りだ。

素直に頷《うなず》こうかとも一瞬思った。だが史郎はお昼にテトラから『家族として好き』と言われたばかりだし、その気持ちに応《こた》えようと決めたばかりだ。

ここで自分の気持ちを伝えても気まずくなってしまうだけだろう。史郎はそんな風に考えてしまった。

「あれはその……い、一般論というか!　テトラさん可愛《かわい》いし男なら誰《だれ》だってしたいっていうか……」

期待と違った史郎の返答にテトラは眉《まゆ》を寄せた。

「……それってつまり、可愛ければ誰でもいいってことですか?」

「いや流石《さすが》に誰でもいいってわけじゃ……」

「……例えばメルのこと、どう思いますか？　魅力的だって、思いますか？」

「メ、メルさん？　そりゃあ、綺麗《きれい》なお姉さんで、魅力的だとは思うけど……」

「………………」

テトラの視線が鋭くなった気がする。

「……じゃあ、この間バスで会った杉崎《すぎさき》って人間の女の子。ずいぶん仲よさそうでしたよね？　あの子のこと、魅力的って思いますか？」

「す、杉崎さん？　ま、まあそりゃあ可愛いしいい子だし魅力的だとは思うけど……あれ？　えっと、テトラさん？」

雲行きがあやしくなってきた。テトラはむっすーとものすごく不機嫌そうな顔をしている。

「ふん！　よーくわかりました。……もういいです。シローの不埒《ふらち》者」

「え？　あの……テトラさん何か怒ってる？」

「怒ってません！」

明らかに怒りながらそう言うと、テトラはどん、と史郎をベッドに押し倒した。

「て、テトラさん⁉」

慌てふためく史郎に跨《また》がるような形で覆《おお》い被《かぶ》さると、テトラはそのままがぶっと史郎の首筋に噛《か》みついた。

「ちょっ⁉　テトラさん待っていたいいたいいたい！」

「知りませんしろーの不埒ものーっ！」

そしてそのまま史郎の首筋に吸い付く。小さな牙《きば》を突き立て、史郎の血を吸い上げる。

「う……あう……」

最初は乱暴に噛まれて痛がっていたが、テトラが吸血を始めるとその快感にたちまち史郎の抵抗は弱くなっていった。

「んっ……んっ……」

こくん、こくんとテトラは喉《のど》を動かして史郎の血を飲んでいく。

血を吸っているうちにテトラも酔いがまわってきたらしい。頬を上気させながら、夢中で吸血を続けている。

「ん……ぷはっ」

テトラは首筋から口を離した。唇に付いた血を舌でペロリと舐《な》め取り、史郎から顔を離す。

そして吸血の快感に息を荒くして、くてっと脱力してしまった史郎を見下ろして、テトラはにんまりと笑った。

「女の子におしたおされて、ろくに抵抗もしないんですね？」

「だ、だって……」

恥ずかしそうに視線をそらせる史郎。そんな史郎に、テトラはまるで悪戯《いたずら》を思いついた子供のような嗜虐的《しぎやくてき》な笑みを浮かべた。

「しろーはかわいい女の子ならだれでもいい不埒ものですもんね〜？　ほんとはこうやってテトラに押したおされてえっちなことされるの、期待してるんじゃないですか〜？」

「そ、そんなことないよ！」

「ほんとですか？　テトラにちゅーってされて気持ちよくなりたいって思ったこと、一度もないってテトラの目をみていえますか？」

「う……」

「それにしろー、時々テトラのおっぱい、チラチラ見てますよね？」

「…………〜〜〜っ」

図星を突かれて、史郎は完全に言葉を失ってしまった。

許してほしい。史郎も健全な男子高校生なのだ。

恥ずかしすぎて涙目になっている史郎を、テトラは舌なめずりしながら見下ろしている。

「やっぱりしろーは不埒ものなのです。……そんなしろーには、たっぷりとおしおきしてあげないとですよね……」

「お、お仕置きって……ふあっ⁉」

再び史郎に覆い被さったテトラは、ちろりと史郎の首筋に舌を這《は》わせる。その感覚に、史郎はびくんと身体を跳ねさせた。

「……くっ……あ……っ」

首筋に感じるテトラのぬめった舌の感触に、我慢しきれず声が漏《も》れる。

そうやって我慢しようとしている史郎の様子に目を細めながら、テトラは史郎の首筋への愛撫《あいぶ》を続ける。

ぴちゃ、ぴちゃと湿った音。舐められるたびにどんどん快感が強くなるようで、史郎の息もどんどん荒くなっていく。

「ん……ああ……」。

「うふふ……しろー、女の子みたいな声だしてかわいいですね～？」

テトラが耳元で意地悪く言うと、史郎は恥ずかしくて顔を真っ赤《まっか》にしつつ口を真一文字に結ぶ。

史郎のそんな様子にくすくす笑いながら、テトラはまた首筋にむしゃぶりついてくる。

「ふっ……ん……」

吸い付いて、再びこくん、こくんと血を飲み下す。それに合わせるように、テトラの呼吸もどんどん荒くなって、抱きしめる力も強くなっていく。

吸血鬼《きゅうけつき》にとって吸血はただの食事だと頭ではわかっている。けれど今の状況はまるで恋人同士のそういう行為みたいだと考えてしまって、どんどん身体の熱が上がっていく。

そんな史郎を、テトラはとろんと蕩《とろ》けた目で見つめてきた。大きな紅い瞳《ひとみ》に、史郎の顔だけが映っている。

「……きもちいいですか？」

「いやそのあの……」

「……ふふ♪」

史郎の返事を聞く前にテトラがまた首筋に顔を埋める。柔らかい唇で史郎の弱いところをはむはむしながら、溢《あふ》れてくる血を舌先でチロチロと舐めとる。

「うあ……っ」

我慢しようと思っているのに、つい声が漏れてしまう。テトラはそんな史郎の様子にくすりと笑うと、そっと耳元で囁《ささや》いてくる。

「きもちよくなってくれて、いいんですよ？　これは、しろーへのお礼もかねてますから……」

「お、お礼……？」

「吸血衝動《きゅうけつしょうどう》の時のお礼、まだちゃんとできてませんでしたから……」

「だ、だから！　そういうのはいいから！」

「……それに、お礼とかぬきでも、しろーがきもちよくなってくれたほうがテトラはうれしいです♡」

そう言いながらテトラはギュッと史郎を抱きしめる。

ふよん、と柔らかな胸が押しつけられて、心臓がバクバクと高鳴っている。そして同じくらい、テトラの心臓がバクバク高鳴っているのが伝わってくる。

「かんじますか？　テトラの胸……ドキドキ、してるでしょう？　しろーとだから、こんなにドキドキしてるんですよ……？」

うっとりと呟《つぶや》くような声。さわさわと誘惑するように腰を撫《な》でられて心臓が爆発《ばくはつ》しそうになった。

「く……ふあ……テトラさん……まって……」

「やーですー♪」

テトラはそう言うとはむっと、史郎の耳を唇で挟んだ。

「ふひゃあっ⁉」

突然の刺激に史郎の口から裏返った声が漏れた。テトラはそのままはむはむと耳たぶを甘噛みし、耳の穴に舌をねじ込んでねぶる。

「あ……ひゃ……ふあっ」

未経験の快感に史郎の口から変な声が漏れ始める。それを聞いて、テトラは息を荒くしながら史郎の耳を愛撫し続ける。

反対の耳の穴を指先でくすぐりながら、耳元でちゅっ、ちゅっと唇を鳴らしたり、ふぅっと息を吹きかけたりする。

「どーですか？　こういうの、耳舐めっていうらしいです。しろーのために、いろいろ勉強したんですよ……?」

「べ、勉強したっていったいなに……ひあああぁっ」

テトラの責めは続く。耳たぶを唇で挟まれてもぐもぐと動かされたり、舌を細くして耳の中に差し込んできたり。

ぴちゃ、くちゃという水音がすぐ耳元で響く。時折漏れるテトラの甘い吐息と囁くような笑い声がさらに快感を煽《あお》ってくる。

「ん……ぁ……」

「ふふっ……こんなに顔まっかにして……しろーはほんとにえっちですねぇ?」

からかうような口調だがその声は蕩けるように甘い。耳から入ってくるテトラの声が頭の中をどろどろに溶かすように感じる。

「テ、テトラさんストップ！　ほ、ほんとにこれ以上は駄目なやつだから⁉」

「だめじゃないですよ？　言ったじゃないですかこれはしろーへのおしおきだって」

「そもそも何で僕お仕置きされてるの⁉」

「……それがわからないにぶちんだからおしおきしてるんです」

「ひゃああっ⁉」

耳の奥まで舌を差し込まれて、耳がテトラの唾液にまみれていく。

吸血鬼の唾液には相手に快感を与える効果もあるらしい。

今では、軽く息を吹きかけられるだけで気持ちいいと感じてしまう。もっと、いっぱい触ったり舐めたりしてほしいなんて考えてしまう。

「だ、だめ、テトラさんほんとにだめ……」

口ではそう言いながらも、史郎の頭の中はすでに蕩けていた。気持ちいいがずっと続いて抵抗する気力が根こそぎ奪われていく。

「ふふ、しろーったらきもちよさそう……とってもかわいいです……」

ほとんどゼロ距離で囁かれたそんな言葉すら気持ちいい。テトラの甘い声が鼓膜をくすぐるだけで快感に感じてしまう。

耳たぶを唇で挟まれ、ちゅぱちゅぱとしゃぶられる。唇を離したかと思えば、また反対の耳に移って愛撫を再開する。

「ふーっ……」

「ひあぁっ」

耳に息を吹きかけられたりすると、ぞくぞくとした快感が身体中に走って思わず声が出てしまう。それがとても恥ずかしくて史郎は手で口を塞《ふさ》ごうとするのだが……テトラが史郎の手首を摑《つか》んでそれを邪魔する。

「だめですよ……？　きもちいいときはちゃんと声にだしてください。もっときもちよくしてあげますから、もっともっとしろーのかわいい声、きかせてください」

蕩けた声で、そんなことを耳元で囁いてくる。

結局それから数十分にわたり、史郎はテトラにお仕置きされ続けるのだった。


数十分後、史郎は息も絶え絶えな状態でベッドに倒れていた。

その隣では酔っぱらって眠ってしまったテトラがすやすや寝息を立てている。

「………」

寝返りを打ってテトラの顔を見る。

テトラの寝顔は安らかで、とても気持ちよさそうだ。さっきまで自分を弄《もてあそ》んでいたことを考えるとちょっぴり恨めしい気持ちにもなってくる。

せめてもの仕返しとばかりに指でテトラの頬をツンツンつついた。

柔らかくてきめ細やかな頬をぷにぷにつつくと、テトラは眉根《まゆね》を寄せて寝苦しそうな声を上げる。

それで先程の溜飲《りゅういん》を下げていたのだが、そうしているとテトラのまぶたがわずかに上がった。

起こしてしまったかな？　と思っていたのだが、テトラの視線は宙を彷徨《さまよ》っている。どうやらまだ寝ぼけているようだ。

しばらくぼーっとしていたテトラだったが、自分の口の近くにあった史郎の指に気づくと、そのままぱくりと咥《くわ》えてしまった。

「……っ⁉」

テトラは史郎の指を咥えたままもごもごと口を動かす。甘噛みされていて、危ないので無理に引き抜くこともできない。

「ん……ちゅぅ……」

そうしている間にも、テトラは史郎の指をちゅうちゅうとしゃぶってくる。

テトラの口の中は熱くて、柔らかい粘膜が史郎の指を包み込んでくる。ぬめった舌で包み込むようにしゃぶられると、なんだかすごくいけないことをしている気分になってくる。

やがて、甘噛みが緩んだので指を引き抜いた。史郎の指はテトラの唾液まみれになっていて、とろりとテトラの唇との間で透明な橋がかかって切れた。

……心臓がバクバクと高鳴っている。

自分の前で眠っているテトラはあまりにも無防備だ。おまけに、経験上こうなってしまうとちょっとやそっとのことでは目を覚まさない。

……きっと少しぐらい触ったりしても、テトラは気づかない。

思わずゴクリと生唾を飲み込んだ。

（…………って何考えてるの僕⁉）

頭の中で自分をぶん殴った。

(テトラさんは家族！　家族みたいなものだから！)

一時の欲望に流されてその信頼を裏切っては絶対にいけない。

自分に言い聞かせるように心の中で繰り返し、史郎は足早にテトラの部屋を後にするのだった。

幕間

「う……ん……」

まだ日も昇りきらない時間、スマホのアラームの音でテトラは目を覚ました。

「ふぁ……」

まだ眠気の残る目をこしこし擦《こす》りながら、ぼんやりとした意識で時計を確認。ひとまずは予定通りの時間に起きられたことにホッとする。

とはいえ、いつもよりかなり早い時間に起きたのでまだ少し眠い。このまま布団《ふとん》の中に潜り込んで二度寝したいという欲求もあったが、貴族としてそんなことではいけないとどうにか布団から脱出する。

今日から史郎《しろう》は夏休みである。

そして、夏休みを楽しみにしていたのは史郎だけではないのだ。

手早く着替えて朝の準備を整えると、まずは台所に向かった。

「お嬢さま?」

台所に入ってきたテトラに、史郎の朝食を作っていたメルは目を丸くしていた。

時刻は早朝。本来なら吸血鬼《きゅうけつき》は寝ている時間だ。

けれどもメルが史郎の朝食を準備するためにこの時間に起きているのはリサーチ済みだったし、少し前から睡眠時間を調整してこの時間に起きられるようにしていた。

「史郎のごはん作るの、手伝います」

「え？　ですが……」

「いいですから！　……シローのご主人様としてそれくらいのことはしたいって思っただけです」

メルはしばらく目を丸くしていたが、くすりと笑うと少し横にずれてテトラのスペースを空けてくれた。

「それでは一緒に作りましょうか。お嬢さま、卵焼きをお任せしていいですか？」

「はい。任せてください」

深くは聞かず仕事の一部を譲ってくれた。それが正直ありがたい。

小さな器に卵をといて、それをフライパンに流し込んで卵焼きを作る。若干《じゃっかん》不慣れながらも意外に手際《てぎわ》のいいその動きにメルは微笑む。

「昔取った杵柄《きねづか》っていうんでしたっけ。……お嬢さまが人間のお料理覚えたのも、シロー様がきっかけでしたよね」

「知りません。忘れました」

なんとなく恥ずかしくて、テトラはぷいっとそっぽを向いた。

史郎とテトラが昔出会っていたことについてはすでにメルに話している。

史郎が幼い頃、神隠しにあって異世界に迷い込み、行き倒れになった。

それをテトラが助けて面倒を見ていた訳だが、その時にテトラはメルから人間の料理を教わっていたのだ。

それが何の因果かテトラは史郎と再び出会い、こうして史郎のために朝食を作っている。

「本当に、運命的ですよね。お嬢さまとシロー様って」

「……そうですね」

照れ隠しのためかテトラは素っ気なく答える。

けれどその頬《ほお》はほんのり赤くて、背中の羽がパタパタしていた。

そんなテトラの姿にメルはくすくす笑みをこぼしつつ、二人で朝食作りを続けるのだった。

朝食を作った後、テトラは史郎の部屋に向かった。

コンコン、とドアをノックし、そーっと部屋のドアを開け中を覗《のぞ》く。

カーテンが閉まっていて薄暗い部屋。足音を忍ばせてベッドに近寄ると、そこには無防備な寝顔で眠る史郎の姿があった。

高校生としては童顔で可愛《かわい》らしい顔立ちの史郎だが、眠っているとその印象が強くなる。

かわいい。思わず笑みがこぼれた。

「ふふっ」

頬を緩ませながら、その頬を指でつつく。ぷにっとした柔らかい感触にさらに頬が緩んだ。

胸がきゅーっとして、いつまでも見つめていたいという気持ちがわいてくる。

とはいえ、あまりのんびりしているとせっかく作ったご飯が冷めてしまう。

「シロー、朝ですよー」

すると「んん……」と小さな声をもらして史郎の目が開いた。

「……テトラさん？」

まだ意識が覚醒《かくせい》しきっていない様子の史郎はぼんやりとこちらを見上げてくる。

その姿がとてもかわいくて、テトラは口元を緩めながらまたぷにぷに頬をつついた。

「ほら、寝ぼけてないで起きるです。もう朝ですよ？」

「う、うん……」

ようやく意識がはっきりしてきたのか、史郎の目がテトラを映す。

「おはようございます。目は覚めましたか？」

「う、うん……おはよう……それで、えっと……どうしたの？」

史郎は率直な疑問を口にした。なにせこんな時間にテトラが起こしに来るなんて初めてのことだったのだ。

それに対してテトラは、内心の照れを誤魔化《ごまか》すように偉そうに胸を張って腕組みする。

「ふふん。シローは何にも知らないんですね。幼馴染《おさななじ》みっていうのは朝、こうやって起こしてあげるものなんです」

「な、なるほど？」

「それに不摂生は美味《おい》しい血の大敵ですからね。夏休みだからってお寝坊は許さないのです。ご主人様としてシローのことをきっちり管理してやるから覚悟するのです」

「う、うん。ありがとう」

「……あと、ですね」

　そこまで言って、もじもじとテトラは恥ずかしそうに両手の指を絡《から》めた。

「？　どうしたの？」

「……今日の朝食の卵焼き、テトラが作ったやつですから、味わって食べてください」

「ホントに？　ありがとう！」

　パッと嬉《うれ》しそうに表情を輝かせる史郎。そうやって喜んでくれるのがなんだか無性に恥ずかしくて、テトラは逃げるように部屋を出て行った。

　部屋に戻ったテトラは、ベッドの上で丸くなっていた黒猫のクロに抱きつくとそのまま柔らかな毛皮に顔を埋めて猫吸いを始めた。

　クロは若干迷惑そうな顔をしつつもなすがままになっている。

しばらく猫を吸って気持ちを落ち着けると、テトラはクロの隣にころんと転がった。

「シローの寝顔……超可愛《かわい》かったです……」

テトラの言葉にクロは『またか』と言いたげな顔をして興味なさそうに目を閉じる。

心の片隅では、自分はなにをしているのだろうとも思っている。

朝食を作るにしても、史郎を起こすにしてもメルに任せておけば事足りる。自分は貴族なのだ。メイドであるメルにそれらの雑務を全部押しつけたって文句を言う者はいない。

……けれど、史郎に何かしてあげたいと思っている。

史郎のために朝食を作って、史郎を朝起こしてあげて。それだけで胸がキュンキュンして、幸せな気持ちになってしまう。

(ち、違いますから！　これはペットのお世話をしてるとかそういう感覚で……！)

誰《だれ》に言っているのかわからないが、心の中でそんな言い訳をする。

そんな時だ、コンコンと部屋の扉がノックされた。思わず「ひゃっ⁉」と変な声を上げてしまう。

「？　僕だけど、テトラさん？　開けていい？」

「シ、シローですか。ちょ、ちょっと待ってください」

すぐに居住まいを正して深呼吸。服の乱れがないか確認し、軽く髪を整えて「どうぞ」と答える。

「お邪魔します」

「はい。何かご用ですか？」

「あ、うん。朝の卵焼きありがとう。すごく美味しかった」

「べ、別に卵焼きぐらい誰が作っても変わりませんよ」

口ではそう言うものの、心の中では盛大にガッツポーズして『また作ろう』だなんて思ってしまっている。そんな自分に内心苦笑いしつつも、テトラは先を促す。

「それだけですか？」

「ううん。えっと、メルさんから頼まれたんだけどね。テトラさんの服、一緒に買いに行ってくれないかって」

「……服？」

「うん。ほら、テトラさんって寒いところの出身でしょ？　その関係で夏服が少ないから一緒に選んできてほしいって」

「な、なるほど」

テトラはほんのりと頬を染める。メルのことだからいろいろ気を回して史郎とデートする口実を作ってくれたのだろう。

……それを、恥ずかしいけど嬉しいと感じてしまっている。

「そ、そういうことなら仕方ありませんね。では準備ができたら行きましょうか」

「うん」

自分とお出かけすることに、史郎は嬉しそうにしてくれている。

そんな史郎に、テトラはますます胸をキュンキュンさせてしまうのだった。

三話　テトラと新しいお友達

まだ朝の時間帯に家を出て、街に出る。目的はテトラの夏服を買うことだ。

「あっついです……」

「テトラさん、寒いとこの出身だしね。大丈夫？」

そう言いながら、史郎《しろう》は手に持った団扇《うちわ》でパタパタとあおいでやる。それでもまだ暑いらしく、テトラはぐでーっとした顔をしていた。

「うう……リュックの中……熱がこもってるです……」

今日のお出かけに際し、テトラはリュックを背負って自分の羽を隠している。

やはり世間一般では吸血鬼《きゅうけつき》はまだまだ珍しいし、じろじろ見られるのが嫌ということでリュックを背負ってきたのだが……ちょっと失敗だったかもしれない。

「あ、そうだ」

そう呟《つぶや》くと、史郎はちょうど近くにあった自動販売機に駆け寄って大きめの缶ジュースを二本購入。すぐにテトラのもとまで戻ってきてリュックの中にその缶ジュースを入れてやる。

「おおっ、羽が涼しくなりました。シローにしてはなかなか機転が利《き》くじゃないですか」

「うん。昔お母さんに『生ものを買った時に氷がなかったらこうしなさい』って教わってたか

「……生ものと一緒にされるのは流石《さすが》にちょっと複雑なんですけど」

テトラは苦笑いしていたが、流石に暑さには勝てないようでそのまま史郎と一緒に歩を進める。

その間も史郎は時々、気遣わしげにテトラの様子をうかがっていた。

「なんですかシロー？　さっきからこっちチラチラ見て」

「あ、いや、日差し大丈夫かなって」

気温もそうだが、夏の日差しは人間でも厳しいものだ。

今日は曇り空で比較的過ごしやすい日ではあるのだが、テトラにとって負担であることは変わらない。

そのため史郎は家を出てからずっとテトラが体調を崩したりしないかと気遣っていたのだ。

そのことに気づいたテトラは嬉《うれ》しそうに微笑を浮かべる。

「ありがとうございます。でも日焼け止め塗ってますし、少しぐらいなら平気ですよ」

「うん。でも辛《つら》くなったらすぐ言ってね？　僕の血ならいつでも吸っていいし、日焼け止めのクリームも持ってきてるから」

「……っ」

史郎の言葉に、テトラはたちまち真《ま》っ赤《か》になった。

どうしたのだろうと思っていたが、史郎も前回デートした時のことを思い出してしまった。

あの時は歩き回ってダウンしたテトラを休ませるためにラブホテルに入って、なんだかそのまま変な空気になってしまって……。

「シローのエッチ……」

「い、いや僕別に変なこと考えてないよ⁉」

「ふ、ふん。どうだか。シローのことだから、またテトラをホテルに連れ込んであああいうことしたいとか、思ってるんじゃないですか？」

「だ、だからちが……～～っ」

『違う』と否定しようとしたけれど、ついその時のことを思い出して言葉を詰まらせてしまった。

あの時のテトラはすごく色っぽくて、可愛《かわい》くて、日焼け止めを塗った時の肌の柔らかさや温かさがたまらなくて。

正直、もう一度したいかと言われると……首を縦に振ってしまうわけで……。

言葉を詰まらせて口をもごもごさせている史郎に、テトラも何かを察してしまって同じくらい赤くなってしまう。

「な、なんで否定しないんですか！」

「ごめんなさい！」

「ふ、ふん！　やっぱりシローはいやらしいのです……」

ぷいっとそっぽを向くテトラ。史郎は怒らせてしまったとワタワタしている。

……だが少し歩くと、チラチラとテトラの視線が戻ってくる。そしてテトラはそろりと手を伸ばすと、ちょんと史郎の服をつまんだ。

「……テトラさん？」

「け、けどまあ、あれは不可抗力というやつです。塗らないと動けなかったんだし、仕方のないことだったんです。だ、だから……その……」

チラリと、テトラは上目遣《うわめづか》いに史郎を見た。

「必要な時は、また……テトラに日焼け止め、塗らせてあげてもいいですよ……？」

顔を真っ赤にしながら上目遣いにそんなことを言われて、史郎は辛《かろ》うじて「うん」と頷《うなず》くことしかできなかった。

テトラもやり過ぎたと思ったのか、パッと史郎の服から手を離して一歩距離を取る。

「こ、これから行くお店、なんでもメルの行きつけのお店らしいです」

空気を変えようとテトラが切り出した話に、史郎もすぐに乗っかった。

「へ、へー。メルさんも行きつけのお店とかあるんだ？」

「まあ普段からシローの食事の用意とかで買い物もしてますし、仕事柄人間と交流を持たないわけにもいかないですしね。ちなみにメルのメイド服なんかもそのお店で買ったそうです」

言われて、メルのメイド服を思い浮かべる。

言わずもがなだが、メイド服は普通のお店には置いていない。置いてあるとしてもそれは大抵コスプレ衣装としてだろう。

だがメルのメイド服は仕事用として非常にしっかりした作りだった。そんな物まで扱っているということは、よほど品揃《ぞろ》えがいいお店なのだろうか？

「ちなみになんて名前のお店なの？」

「えっと確か……『リバース　オブ　ザ　ワールド』って店名らしいです」

「な、なんかすごい名前だね」

そんなことを話しつつ、テトラは何となしに脇道《わきみち》へと視線を向けた。

そして……目をぱちくりさせてピタッと足を止めた。

「シ、シロー！　エスカリーゼさんがいるです⁉」

「へ？」

テトラの指さした方を見るとテトラが大好きな漫画『まおしつ』の登場人物——エスカリーゼのコスプレをした女の子がいた。

おそらくは史郎達と同年代だろう。手には看板を持っていて、どうやらお店の宣伝をしているようだ。

「な、なんでこんなところにエスカリーゼさんが⁉」

「ああ、あれはコスプレってやつだよ」

「……コスプレ？」

「うん。えっと、正確にはコスチュームプレイって言えばいいのかな？　漫画とかアニメとか、そういうのの格好をして遊ぶっていうのだけど……」

異世界から来たテトラに理解してもらえるか不安だったけど「ああ、テトラの世界にもそういうお祭りとかありました」と意外にもあっさり受け入れてくれた。

「にしても……よくできてますね」

「それは……うん」

コスプレに詳しいわけではないけれど、テレビなどで見た範囲だとその多くが手作り感溢《あふ》れる感じだった。

だがその少女が着ている衣装は違う。

髪をまとめるリボンや、魔方陣が描かれた白手袋。動きやすさを意識したドレスに革製のしっかりしたブーツ。

そのどれもが作中のエスカリーゼの衣装を完全再現していて、あまりコスプレなどには興味がない史郎ですら思わず見入ってしまうほどだ。

「シロー、シロー、もっと近くで見たいです」

推しキャラの衣装ということもあって、テトラは目を輝かせながらくいくい史郎の服を引っ張っておねだりしてくる。

「ご迷惑にならないようにね」

「もちろんです」

近くに行くとその少女もテトラと史郎のことに気づいたようだ。何故《なぜ》か一瞬驚いた顔をしたが、すぐに明るい笑顔を浮かべて話しかけてきた。

「こんにちは。私の衣装に興味あるのかな？」

「は、はい！　エスカリーゼさんの衣装、素晴らしいクオリティーです！　感動しました！」

「……僕と初めて会った時と態度違いすぎない？」

「う、うっせーです！　優れたものに敬意を払うのは貴族として当然のことなのです」

「えへへ、ありがと～。外国の人にそう言ってもらえると嬉しいね」

少女は嬉しそうに笑う。人懐《ひとなつ》こい性格なのか、初対面のテトラとも距離感が近く人好きしそうな感じだ。

いつもは人間と話すのが少し苦手なテトラも、少女の雰囲気もあって大好きなキャラのコスプレに目を輝かせている。

「それにしてもホントによくできてますね。少し触ってみてもいいですか？」

「ん、いいよ～」

「では失礼して……わぁ、手触りもいいですね。細部まで拘《こだわ》った職人の技を感じるのです」

「テトラさん、そういうのも興味あるんだね」

史郎が言うと、テトラは少し恥ずかしそうに頬《ほお》を染めた。

「な、なんですか。テトラだって女の子だし、かわいい服には興味あるのです」

テトラはどこか憧《あこが》れるような目で衣装をうっとりと眺めている。異世界生まれなせいか、コスプレに対して先入観なく純粋な目で見ているようだ。

そんなテトラの様子に、少女も嬉しそうに口元を緩めていた。

「お二人はデート中かな？」

「デ……ち、違います！　テトラ達はただ二人で服を買いに来ただけで……」

「……それをデートって言うんじゃないの？」

「うぐっ」

顔を真っ赤にして黙ってしまったテトラとその後ろで頬を染めつつ視線をそらした史郎に、

『あ〜、そういう感じね』と少女の目がおもちゃを見つけた子供のようにキラリと光った。

「ふふ、ごめんね？　なんだかお似合いだったからてっきり恋人同士なんだと」

「お、お似合いなんて冗談じゃねーです！　こ、こいつとはあくまでもただのお友達で！」

「ふーんそっか〜〝まだ〟お友達なんだ〜？」

「まだって何ですか！」

「え〜、だってお休みの日に男女で一緒に買い物に来るぐらい仲良しなんでしょ？　これはもう時間の問題かなって」

「あ、ありえねーですから！　テトラはシローのことなんて全然これっぽっちも……」

わかりやすいテトラの反応に少女はクスクス笑う。

「ねえねえ、こうやってお喋《しゃべ》りしたのも何かの縁だし、よかったらうちのお店においでよ。もっとお喋りしたいし、見ていくだけでも大歓迎だよ？」

「い、いえ、もう行くお店は決めてまして。『リバース　オブ　ザ　ワールド』ってお店なんですけど……」

「……それ、私がバイトしてるお店だけど」

そう言って、少女は手にした看板をテトラに向ける。確かにそこには『リバース　オブ　ザ　ワールド』という店名が書かれていた。

思いがけない偶然に目を丸くしているテトラに対し、少女は嬉しそうに笑ってテトラの手を取る。

「んへへ～、これは私達、よっぽどご縁があるみたいだね～」

「ちょ、ちょっと⁉」

「いや～嬉しいな～。私、コスプレに理解あるお友達欲しかったんだよね～♪」

少女はニコニコ笑いながらそう言うと、史郎の方にも視線を向ける。

「ほら、紅月《あかつき》くんも行こ？」

「……へ？」

その言葉に、史郎は思わず足を止めた。

「ん？　どしたの？」

「いや……なんで僕の名字知ってるんですか？」

「……え？　あ、いや、さっきテトラちゃんがそう呼んでたから……」

「？　テトラはシローのこと、シローって呼んでますけど？」

そう言われて少女は「あちゃー」と苦笑いする。

「こっちの趣味、学校の友達にはあんまり知られたくなかったんだけどなぁ」

「えっと、すいません。僕……どこかで会ったことありましたっけ？」

不思議そうにそう質問する史郎に少女はニマニマしていた。

「えー、こんなに間近で見てホントにわからない？　毎日クラスで顔合わせてた大親友なのに、ショックだなー？　……ま、それだけ私のメイクがうまくなったってことにしとこっかな」

「え？　……え？」

「テトラちゃんも一回会ったことあるんだけど覚えてるかな？　あの時は簡単にだったし、あらためて自己紹介しとこっか」

史郎の目がまん丸になるのを面白《おもしろ》そうに見ながら、少女はウイッグを取った。にっこりと人懐こい笑顔を浮かべ、手を差し出す。

「杉崎《すぎさき》まいです。紅月くんのクラスメイトで大親友。よろしくね、テトラちゃん」

†

杉崎さんは史郎の高校のクラスメイトだ。

田舎《いなか》育ちで若干クラスで浮いてしまっていた史郎に対し、明るくて可愛《かわい》い人気者。

誰《だれ》とでも積極的に話すタイプで、席が後ろの史郎にもよく話しかけてくれていた。

「いや～、まさかバイト中にデートしてる紅月くんと出会うなんてね～」

「こ、こっちもびっくりしたよ。こんなところで……しかもコスプレしてる杉崎さんと会うなんて」

史郎がそう言うと、杉崎さんは若干《じゃっかん》気まずそうにぽりぽりと頬を掻《か》く。

「あ～、その件なんだけどさ。私がコスプレするってことは学校の友達とかには内緒にしててくれないかな？」

「いいけど、どうして？」

「……やっぱりコスプレってけっこう特殊な趣味じゃん？　友達に知られたら引かれちゃうかもだし、あとけっこうエッチな格好することとかあるから学校に知られるとヤバいかもだし」

「う、うん。わかった」

「ありがと～。いや～、うちって両親がオタクな上に親戚が有名コスプレイヤーっていうオタク一家でさ。私もちっちゃい頃から普通にコスプレしてたからむしろ普通の人はコスプレなんてしないって知った時の方が衝撃的だったくらいで」

そこまで言って、杉崎さんの表情にほんの少し影が落ちる。

「……えっとさ。今さら聞くんだけど、紅月くんってこういうコスプレする女の子、どう思う？」

「？　どう思うって？」

「いや、さっきも言ったけど特殊な趣味だし。……やっぱり引いちゃう人もいると思うし、紅月くんはどうなのかなって」

「別に変だとは思わないよ？　誰に迷惑かけてるわけでもないんだし、それに杉崎さんすっごく似合ってて可愛いし」

あまりにもあっさりと、それでいて真っ直《まっす》ぐにそう言われ杉崎さんは目をぱちくりさせた。

「そ、そんなストレートに言われると照れちゃうなぁ」

杉崎さんはほんのり頬を染めつつ、バシバシと史郎の背中を叩《たた》く。

……一方のテトラはそんな仲良さげな二人の様子をジトッとした目で睨《にら》んでいた。

「……シローの不埒《ふらち》者……」

「ん？　テトラさん何か言った？」

「何でもありません！」

ぷいっとそっぽを向いてしまうテトラ。そんなテトラを、杉崎さんは面白そうに見ていた。


やがて三人はあるお店の前で足を止めた。

「ほら、ここだよー」

「……ここ？」

史郎は若干不安げな声でそのお店の看板を見上げた。

店名は『リバース　オブ　ザ　ワールド』。店名と一緒に看板には最終回限定の最強フォームみたいな格好の美少女が描かれている。

店内を覗《のぞ》いてみると確かに服も売っているのだが、最近見たアニメの衣装とか、日曜日の朝にやっている魔法少女な衣装とか、そういうのがちらほら見える。

はたしてこれを初見で服屋と見抜ける人がどれくらいいるのだろうか？

一方、杉崎さんは不安そうな史郎に苦笑いする。

「そんな不安そうな顔しないで大丈夫だよ。中はちゃんとした…………うん、まあだいたい服屋だから」

「ホントに大丈夫なの⁉」

「大丈夫大丈夫、品揃えよくて安いのは間違いないから。いやー、ここさっき話したコスプレイヤーの親戚がやってるお店なんだけど趣味に突っ走る人でさ。普通の服と一緒にコスプレ衣装なんかも売ってるんだよね～」

何はともあれ杉崎さんに続いてお店に入る。

出迎えてくれた店長だという綺麗《きれい》なお姉さんと軽く話して、そのまま杉崎さんがお店を案内してくれることになった。

中は普通の服が並んでいるエリア以外にマニアックな服……いわゆるコスプレ衣装専門のコーナーが設けられている。

テトラはもちろん、基本的に私服はどれもお母さんが買ってきてくれた物を着ていた史郎にとっても何もかもが珍しくて、おっかなびっくり杉崎さんについて行った。

杉崎さんはくるりと史郎達の方に向き直ると、営業スマイルを浮かべてぺこりと頭を下げる。

「それじゃああらためまして……こほん。いらっしゃいませお客さま。本日はどのような商品をお求めですか？」

「えっと、テトラさんの夏服を買いに……ってあれ？　テトラさん？」

いつの間にか、後ろについてきていたはずのテトラがいなくなっていた。

少し店内を探してみると、コスプレ衣装を売っているエリアでマネキンの前にいた。

「す、すごいです！　これ、エスカリーゼさんの子供時代の衣装ですよね？　けっこう複雑な作りなのにこんなに丁寧に仕上げて……」

テトラは目をキラキラさせながら、まるで小さな子供のようにマネキンの周りをぐるぐる回っていろんな角度から衣装を眺めている。

そうやって目を輝かせているテトラに、杉崎さんは嬉しそうな顔で近づいた。

「テ〜トラちゃん？　その衣装、気に入った？」

「え？　ま、まあよくできてるなとは思います」

「じゃあさじゃあさ。テトラちゃんもコスプレ、挑戦してみない？」

「……へ？」

思いがけない提案にテトラの目が泳いだ。杉崎さんと衣装の間を、何度か視線が行ったり来たりする。

「そ、それは……恥ずかしいです」

『嫌だ』とは言わなかったテトラに、杉崎さんの目がまるで獲物を見つけたハンターのように光った。

「そんなこと言わずにさ〜。テトラちゃんなら絶対似合うと思うから。ほら、紅月くんもかわいい格好したテトラちゃん、見てみたいよね〜？」

「え、あ、うん」

急に話を振られて、史郎はつい素直に首を縦に振ってしまった。

「ほらほら、紅月くんもこう言ってることだしさ〜。ちょっと着てみない？」

「あう……でも……」

「恥ずかしいのなんて最初だけだからさ。やってみたら楽しいしすぐに気持ちよくなってくるから。ね？　やろーよ～？」

「そ、その言い方なんかやらしいです！」

そうは言いつつもテトラ自身かなり迷っている様子だ。

視線を衣装と史郎の間で行ったり来たりさせ、しばらく何かを考え込んで、史郎の方を見てもごもごと口を動かす。

「……み、見たいんですか？」

「え？」

「コ、コスプレとやらをしたテトラを見たいかと聞いてるのです！」

「え、いや、まあ……正直に言えば見たいけど……テトラさんならきっと、似合うと思うし……」

その言葉にテトラは頬を染めつつ、恥ずかしいのを誤魔化《ごまか》すようにぷいっとそっぽを向く。

「ふ、ふん！　シローがそこまで言うなら仕方ありませんね！　それじゃあシローのためにコスプレ？　してあげるのです！」

二人のやり取りに杉崎さんは「リアルツンデレ……リアルツンデレだ……！」と吹き出すのをこらえるようにぷるぷるしていた。

何はともあれそうして、テトラのコスプレショーが披露されることになったのだった。

†

「それじゃあテトラちゃん。着替えはここでしてね」

テトラは杉崎さんから衣装を受け取ると、カーテンで仕切られた試着室に入った。

早速受け取った衣装を広げると、テトラはその完成度に目を輝かせる。

(すごいです！　ホントにアニメで見た衣装そのまま……！)

テトラが持っているのは大好きなアニメである『まおしつ』の最推しキャラ、吸血姫《きゅうけつき》エスカリーゼの子供時代の服だ
エスカリーゼは長身の女性なのだが、小柄なテトラには合わないだろうとこちらを着ることになった。

劇中ではエスカリーゼの子供時代のこともけっこうな尺を使って描かれていて、こちらもファンの間ではエスカロリーゼなどと呼ばれて人気がある。無論テトラも大好きだ。

自分がこれからその格好をするのだと思うと、何だかドキドキしてしまう。

早速背負っていたリュックを下ろして服を脱ぐ、そして衣装を着ようとして……その衣装に羽を出すための穴が開いていないことに気づいた。

「あ……」

鏡を見る。そこには吸血鬼の黒い羽を生やした自分の姿が映っている。

高揚していた気分が一気に冷めて、自分の羽に触れた。

（……流石に、リュックなしじゃこの羽は隠せませんよね）

今まではリュックで背中の羽を隠していた。つまりあの杉崎という人間はテトラが吸血鬼だと知らないのだ。

そのことに思い至って、テトラは不安に表情を暗くする。

一年前にこの世界にやって来て以来、吸血鬼という存在自体は世間に広く知られているが、一般の人間が実際に目にする機会はほぼないと言っていいだろう。

突然やって来た吸血鬼に対して良い印象を持っていない人間も多いと聞いている。

あの人間はあくまでも、自分のことを普通の人間だと思っているはずだ。自分が吸血鬼だと知ったら驚くだろうし、もしかしたら怖がったり気持ち悪がったりするかもしれない。

（…………）

……他の人間にどう思われようとどうでもいい。けれど、史郎の友人にそういう反応をされるのを想像すると、ちょっぴり怖い。

それに自分だけじゃなく史郎まで変な目で見られるかもしれない。

あの杉崎という人間は史郎の数少ない友人だと聞いている。自分のせいで史郎まで変な目で見られたらと思うと、不安で胸が苦しくなる。

やっぱり、今からでも適当に理由をつけて断ろうかなと考え始めたその時だ。

「テトラちゃん大丈夫？　着替え、手伝おうか？」

ひょいと、杉崎さんがカーテンの隙間《すきま》から顔を覗かせた。

「「え」」

びっくりして振り返ったテトラと杉崎さんの目が合う。杉崎さんの視線が吸い寄せられるようにテトラの背中から生えた黒い羽の方に行き、そして……。

「きゃあああああああああ⁉」

杉崎さんが大きな声を上げた。ただそれは悲鳴というより、歓喜の雄叫《おたけ》びという感じだった。

「すごいすごーい！　この羽本物⁉　本物の吸血鬼⁉　もしかしてって思ってたけどガチもの⁉　しかも可愛くてオタク趣味なツンデレ美少女吸血鬼とかもう優勝じゃないやったー！」

「え？　え？」

感激のあまり試着室に飛び込んでハグしてくる杉崎さんに、テトラは目を白黒させている。

「え、えっとあの……こ、怖くないんですか？」

「怖いわけないじゃんツンデレ美少女吸血鬼なんて全《すべ》てのオタクの夢なんだから！　ね？　紅月くん？」

「いやカーテン！　カーテン閉めて！」

見ると杉崎さんが飛び込んできた時にカーテンが開いてしまっていて、史郎がその向こうで目を覆《おお》っている。

テトラはそれに気づくと慌ててカーテンを閉じた。真っ赤な顔をして、ぷるぷるしながら杉崎さんを睨む。

「な、なんてことするんですか！　し、シローにテトラの……し、下着……」

「ごめん！　今のはホントごめん！　つい本物の吸血鬼に興奮しちゃって！　で、でもほら、いずれ見せることになると思うし……？」

「いずれ見せるってなに言ってるですか⁉」

『がおー』と威嚇《いかく》するように声を上げるテトラだが、そこで声のトーンを落とした。

「……ホントに怖く、ないですか？」

「ん？」

「テトラは吸血鬼なんですよ？　人間から血を吸っちゃいますし、こんな羽だって生えてます。……怖いとか不気味だって、思わないんですか？」

テトラは不安そうにそう言いつつ、背中の羽をパタパタ動かしてみせる。

それに対して杉崎さんは……。

「くっっそ萌《も》える」

「……は？」

「私ね。吸血鬼とかエルフとかドワーフとか獣人とか人魚とかケンタウロスとかハーピーとか、そういう異種族萌えなの」

「お、お前は何を言ってるです？」

「いいよね羽とか尻尾《しっぽ》とか獣耳とかそういう人間に無い部分をピコピコしたりパタパタしたりしてるのくっそ萌えるよねはぁはぁテトラちゃんの小っちゃい羽かわいいよぉそれにさっきからチラチラ見えてる尖《とが》った牙《きば》もかわいいそれでちゅーちゅー吸血しちゃうんだよねかわいいなぁもうかわいいなぁ」

「し、シローこいつなんか怖いです助けてー⁉」

そこで杉崎さんはハッと我に返った。

「ごめんごめん、ちょっと暴走しちゃった」

若干怯《おび》えているテトラに杉崎さんは苦笑いしつつ謝った。

「まあそんなわけで、全然怖いなんて感じないよ。テトラちゃん可愛いしこうやって普通に話せるし」

そこまで言って、杉崎さんは少しだけ気遣わしげな表情を浮かべた。

「むしろさっきから思ってたんだけど、テトラちゃんの方が私達人間のこと、怖がってるよね？」

「……っ」

テトラの顔が強張《こわば》る。それに対して杉崎さんは柔らかい笑顔を浮かべて手を差し出した。

「ね、テトラちゃん？　私は人間だけど、アニメや漫画が大好きなオタクだし、同じ趣味同士仲良くできると思うんだ。……よかったらお友達になってくれないかな？」

テトラは戸惑ったように差し出された手と杉崎さんの顔を交互に見る。そして……ぷいっとそっぽを向いた。

「ふ、ふん。テトラは吸血鬼の貴族なのです。お前みたいなどこの馬の骨ともわからないやつが簡単にお友達になれると思ったら大間違いなのです」

「えー？　ここは感動の涙を流しつつ握手するところじゃないのー？」

「た、ただですね！」

杉崎さんの言葉を遮《さえぎ》るようにテトラは声を大きくする。

「きゅ、吸血鬼に対して憧れを持っているという点に関しては評価してあげなくもないです。なのでその……お、お友達候補ぐらいなら、してあげなくもないですよ？」

「ツンデレ吸血鬼お嬢さま萌え……じゃなくて、それでいいよ。それじゃああらためてよろしくねテトラちゃん」

杉崎さんはそう言うとあらためてずいっと手を差し出してくる。テトラは不承不承という感じでその手を握った。

「さて、それはそうとお着替えの途中だったね。手伝ってあげるよテトラちゃんはぁはぁ」

「け、けっこうです！　怖いのですお前は！」

「え～そんなこと言わずに～。ほら、そもそもこの服、羽を出せる穴が開いてないから困ってたんでしょう？」

「そ、それはそうですが……どうするです？」

「う～ん……よし、穴開けちゃおう」

「いやお前なに言ってるです⁉」

「止めないでテトラさん大丈夫お金は私がバイト代から払うから！　だって本物の美少女吸血鬼にエスカリーゼ様のコスプレしてもらえる機会なんてないもん！　絶対見たいもん！」

「いやちょっ⁉　おまっ⁉　やめるですいいから落ち着いてそのハサミから手を離……きゃー⁉」


そうやって一騒動あった後、テトラは杉崎さんを試着室から追い出してカーテンを閉め直すと、ホッと息をついた。

「……人間っていろんなのがいるんですね」

まさか本当にテトラのコスプレ姿を見たいというだけで衣装に穴を開けるとは思わなかった。

テトラは羽を通すための穴が開いた衣装を広げて苦笑いを浮かべる。

……ただ、この衣装を巡ってきゃーきゃーやり合うのは、以外と楽しかったかもしれない。

異世界にいた時は人間は自分達を脅《おびや》かす脅威でしかなかった。

けれど史郎みたいに自然に受け入れてくれたり、さっきみたいに目を輝かせて大はしゃぎする人間もいる。

そういう人間もいるんだと思うと、意外と悪い気分じゃなかった。

†

「き、着替え終わり、ました」

史郎と杉崎さんがしばらく待っていると、試着室からそんなか細い声が聞こえてきた。

「オッケー。じゃあ心の準備ができたらカーテン開けてね」

「は、はい」

すー、はーとカーテンの向こうでテトラが深呼吸する音が聞こえる。そして少し間を置いて、シャッとカーテンが開かれた。

「ど、どうですか……？」

恥ずかしげに上目遣いでこちらを見るテトラに、史郎は言葉が出なくなった。ただ食い入るようにその姿を見つめる。

試着室から出てきたテトラは、普段とは違うたくさんのフリルやレースをあしらった可愛らしい衣装に身を包んでいた。

「きゃ〜〜テトラちゃんかわいい〜〜〜♡」

テトラを見た瞬間そう言ってスマホのカメラを連写する杉崎さんの声がなんだか遠く感じる。

普段と違う服を着ているだけなのになぜだか心臓が高鳴ってやまない。

「テトラちゃんテトラちゃん！　その場で一回転！　くるっと一回転お願い！」

「え？　こ、こうですか？」

言われた通りテトラはくるりとその場で回ってみせた。スカートの裾《すそ》がふわりと広がり、スカートに隠されていたガーターベルトの紐《ひも》がチラリと見えた。

「ぎゃ〜〜ありがとうテトラちゃん最高〜〜〜♡♡♡」

息を荒くしながらローアングルでカメラを連写する杉崎さんに若干引きつつも、テトラは少し不安そうな目でチラリと史郎を見た。

「あ、あの……シロー？　さっきから黙ってますけど、テトラの格好、どこか変ですか？」

「……あ⁉　いやご、ごめん！　テトラさんがあまりに可愛いからつい見惚《みほ》れちゃって！」

「〜〜〜っ⁉」

ボッと、テトラの顔が真っ赤に染まる。杉崎さんに言われてもほとんど反応しなかったのに、自分が言うとこうやって反応してくれるのが嬉しくて照れくさい。

そしてそんな二人に杉崎さんはニヨニヨした視線を向けている。

「いいなあ。私もそうやって可愛いって言ってくれる彼氏ほしいなぁ」

「だ、だからシローは彼氏なんかじゃありません！」

「テトラちゃん、鏡見て、鏡」

言われて試着室の鏡を振り返る。そこには顔を真っ赤にして、それでいて嬉しさをこらえきれないように羽をパタパタさせながら口元を緩めてしまっているテトラの姿が映っていた。

「〜〜〜〜っ」

テトラは逃げるように試着室のカーテンを閉めてしまった。

一方の杉崎さんはニマニマしながら今度は史郎に視線を向ける。

「んふふ〜、紅月くんも奥手かと思ってたけど、ちゃんと彼女に『可愛い』って言ってあげられて偉いね〜」

「だ、だから僕とテトラさんはそういう関係じゃ……」

「ねえ紅月くん。女の子は普通、好きでもない男の子と服を買いに来たりしないし、可愛いって褒められてあんなに喜んだりしないんだよ？」

「で、でもそんな……」

「んまあ二人の様子からして付き合ってないのは本当なんだろうけど、誰がどう見ても脈ありだから頑張ってね。……なんなら本当に、この夏休みの間に大人の階段登っちゃえ♪」

「な、ななな」

そんなことを言われて、史郎の顔もテトラに負けないぐらい真っ赤になってしまった。

「んもう照れちゃって、可愛いなあもう！」

バンバンと背中を叩かれる。

そうやってその日、二人は散々杉崎さんのおもちゃにされたのだった。


「お買い上げ、ありがとうございました～♪」

店の外まで見送りに来た杉崎さんはにっこにこだ。一方のテトラは若干引きつった顔で、大量の買い物袋を抱えている。

「……だ、大丈夫かな？　無駄遣いしすぎってメルさんに怒られたりしないかな？」

「し、仕方ないじゃないですか全部可愛かったんですし！　そ、それに『価値あるものには相応の対価を』です。いい物にはお金を出して経済を回すのも貴族の仕事です！」

そう言いつつも微妙に視線をそらせている。テトラ自身も買いすぎた自覚はあるのだろう。

……テトラのコスプレの後は当初の予定通り服を選んだのだが……杉崎さんの選んでくれる服はどれも非常にテトラによく似合っていて、しかも史郎が手放しにそれを褒めてしまったものだから、ついつい薦められるままに買ってしまったのだ。

「あ～……ごめんね？　流石にちょっと買わせすぎちゃったかな？」

「いえ、気にしないでください。買うって決断したのはテトラですし、それに……まあ、楽しかったです」

テトラのその返答に杉崎さんも嬉しそうに顔を緩める。実際、杉崎さんと服を選びながらきゃーきゃー騒いでる時のテトラはとても楽しそうだった。

「……ねえねえテトラちゃん。私のことはまいって、名前で呼んでくれない？」

「マイ……ですか？」

「ん。仲良しな女友達にはそう呼んでもらってるんだ」

「……わかりました。マイ」

テトラは羽をパタパタさせながら答える。

杉崎さんもそんなテトラに嬉しそうに顔をほころばせて……「あ、そうだ」と小さく呟いた。

「どうかしましたか？」

「杉崎さん、どうかしたの？」

「ん。えっと……テトラちゃん、ちょっと待っててね。紅月くんだけこっち来て？」

そうして史郎はお店の中に引っ張られていった。

お店の中に戻った杉崎さんはゴソゴソとレジの裏で何かを探している。

「えっと、確かこの辺に……あったあった。紅月くん、これあげるね」

そう言って渡されたのは、近くにある大きなプール施設の無料招待券だった。

「近くにオーシャンブルーっていうプールあるの知ってるかな？　そこのチケット。確かナイトプールもやってるから、吸血鬼のテトラちゃんでもいけるかなって」

思いがけないプレゼントに史郎が目をぱちくりさせている間に、杉崎さんは説明を付け足す。

「元々は店長が取引先からもらったやつなんだけど余っちゃっててさ。『お友達にあげてね』って言われてたやつだし、いっぱい買い物してくれたお礼ってことで」

「う、うんありがとう。けど、なんで僕に？　そういうことならテトラさんに直接渡してあげた方が……」

「女心がわかってないなー紅月くんは。女の子としてはそういうの、男の子から誘ってくれた方が嬉しいものなんだよ？」

「そ、そういうものなの？」

「そういうものなの。そりゃあ、大して仲良くもない男の子に誘われたら下心丸見えで引いちゃうけど、好きな男の子だったらそういう下心すら嬉しいものなんだから」

史郎はしばし、言葉の意味がわからずきょとんとしていた。そして意味を理解するとワタワタと慌て始める。

「だ、だから違うから⁉　僕とテトラさんはあくまでも友達同士で……」

史郎の言葉に、杉崎さんは呆《あき》れたような顔をする。

「あのさぁ紅月くん。何度も言うけど女の子は好きでもない男の子の前であんなファッションショーみたいなことしないから」

「いや、あのその……」

顔を真っ赤にして何も言えなくなってしまった史郎に、杉崎さんはやれやれとため息をつく。

「まあそんなわけだから、緊張するかもだけど頑張って誘ってあげてね。ほらほら頑張れ男の子」

そう言って、パンパン背中を叩かれて送り出された。


「マイとなんの話してたんですか？」

「ちょ、ちょっとね」

帰り道、テトラに尋ねられた史郎はそう言って誤魔化した。

史郎のカバンには先程杉崎さんからもらったプールのチケットが入っている。

杉崎さんは「誘ってあげてね」と気楽に言っていたが、残念ながらそんな簡単に好きな女の子をプールに誘う度胸はない。

（だって……プールだもんなぁ……）

プールということは、水着である。しかも男である自分から女の子であるテトラを誘うというのは、普通に遊びに誘うのとは数段レベルが違う。

……『それなら二人でラブホテルに入ったのは？』と一瞬考えてしまったが深く考えないこ

とにした。

「シロー？　何考え込んでるです？」

「あ、いや、テトラさんと杉崎さんが仲良くなれて良かったなって」

「はい♪」

そう機嫌良く返事した後でハッとして、「あ、いや、マイはあくまでもお友達候補で……」などと言い訳しているテトラが何だかおかしかった。

「にしても……いっぱい買ったね」

「し、仕方ないじゃないですかどれも可愛かったんですから！　……やっぱり無駄遣いしすぎだって怒られるでしょうか……？」

メルのお説教を想像したのか、不安そうにしているテトラに史郎は苦笑いする。

「大丈夫。その時は僕も一緒に謝るから」

「お願いします……ん？　あれ？」

「？　どうかした？」

「いえ、買った覚えがない服が入ってたので……あ、手紙がついてます」

テトラはそう言うと、紙袋から二つ折りになった手紙を取り出し目を通す……が、すぐに顔を真っ赤にして紙袋に戻してしまった。

「何て書いてあったの？」

「……何でもありません」

テトラは顔を赤くしたまま、何も教えてくれなかった。

四話　コスチュームプレイ

杉崎《すぎさき》さんのお店で服を買ったその夜、史郎《しろう》はいつものように吸血のためにテトラの部屋を訪ねていた。

コンコンと扉をノックすると「ど、どうぞ」と返事が返ってくる。……だが、その声はなんとなくいつもより緊張気味だった。

不思議に思いながらも扉を開けると……エスカリーゼの格好をしたテトラがベッドにちょこんと腰掛けていた。杉崎さんのお店でコスプレした時のやつだ。

「え」

「いやあのその……背中の部分『羽を出す穴開けちゃったからテトラちゃんにあげるね』って手紙と一緒に紙袋に入ってたんです。それで、せっかくもらったんだから着ないと悪いかなって……」

「そ、そうなんだ……」

「それに…………昼間シローが、かわいいって褒めてくれましたから……た、たまにはこういうのも……いいかなって……」

もじもじと恥ずかしそうなテトラの言葉に、史郎も頬《ほお》が熱くなっていくのを感じていた。

ギクシャクした動きで部屋に入り、いつものようにテトラの隣に腰を下ろす。

お店でも一度見たが、たくさんのフリルやレースをあしらった可愛《かわい》らしい衣装がテトラによく似合っていた。

ただ、それだけじゃない。お店では、テトラは杉崎さんに押されるような感じでコスプレしていた。

でも今は二人きりで、テトラは自分から……言ってしまえば史郎に見せるためにこうしてコスプレしているのだ。

おまけに恥ずかしそうに手をもじもじさせながらこちらをうかがうその顔を見ていると、なんだかいつも以上に緊張してドキドキしてしまう。

「そ、それで……ど、どう……ですか?」

「……え?」

「だ、だから！……か、可愛いですか?」

「う、うん！　すっごく似合ってる……可愛い……」

「……そうですか」

テトラはぷいっとそっぽを向く。だが背中の羽が嬉《うれ》しそうにパタパタしていた。

その時ふと、杉崎さんの言葉が脳裏に蘇《よみがえ》った。

『誰《だれ》がどう見ても脈ありだから、頑張ってね』

『この夏休みの間に大人の階段登っちゃえ♪』

　つい頭に浮かんでしまった杉崎さんの言葉と邪念をぶんぶん頭を振って追い払う。幸いテトラもあまり余裕がないようで、史郎の様子がおかしいことには気づかなかった。

「……コ、コスプレって不思議ですね。ただ服装を変えただけなのに、なんだかいつもと違う自分になれた気がします」

「へ、へー。そういうものなんだ」

「は、はい。た……例えば、こういうの……とか……」

　ちょん、と。テトラの小指がベッドに置かれていた史郎の手に触れた。

「っ」

　最初は偶然触れただけとも思った。だがテトラの手はゆっくりゆっくり、反応を確かめるように史郎の手に重ねられていく。

「あ、あの……テトラさん？」

「ほ、ほら！　『まおしつ』でエスカリーゼさんが従者のカノンさんとこういう風にしてるシーンあったじゃないですか」

その言葉で、史郎も漫画の内容を思い出す。

テトラの言っているのは、テトラが大好きな漫画『まおしつ』で名シーンと言われているシーンのことだ。

吸血姫《きゅうけつき》エスカリーゼには、カノンという人間の女の子の従者がいる。

この二人は幼馴染《おさななじ》みで仲睦《むつ》まじい描写が多く、ファンの間でも『この二人はもしや百合《ゆり》なのでは？』と度々話題になっていた。

その二人の初めての吸血シーンがこんな感じだったのだ。

「テトラ、あのシーンすごく好きで……ドキドキして……だ、だからテトラも、あんな感じで吸血してみたいなって……そう、思って……て……」

どんどん小声になりながらも、テトラの言いたいことはわかった。つまり、漫画に感化されたテトラはエスカリーゼと同じシチュエーションで吸血してみたいと。

「きゅ、吸血自体はいいんだけど……でも確かあれって吸血のあと……その……」

史郎が言葉を濁していると、テトラは頭から湯気が出そうなほど顔を真っ赤にした。

「な、何やらしいこと考えてるんですか！　やるのは吸血までですからね⁉　キスとかそういうことは一切《いっさい》しませんからね⁉」

「そうだよね！　うん、大丈夫！　テトラさんは漫画のシーンを再現したいだけなんだよね⁉」

「そ、そうです！　あ、あくまでコスプレの延長です！　……そ、それで……いい、ですか？」

「……僕は別に、いいけど……」

「……じゃあ、します……よ？」

「う、うん」

テトラが史郎の手を握って、細い指が史郎の指の間に割り込む。緊張でかすかに震えるその手に応《こた》えるように、史郎もぎゅっと手を握り返した。

いわゆる恋人繋《つな》ぎ。こうして繋いでみると、テトラの手は小さくて、それでいて柔らかい。

「……シローの手……意外とごつごつしてるんですね」

「う、うん。実家にいた頃は畑仕事とか手伝ってたからかな？　……テトラさんの手は、すべすべだね」

「……あぅ……」

真っ赤になって俯《うつむ》くテトラ。互いの手の感触を確かめ合うように、その指にきゅっと力を込める。

「しろー……」

テトラがとろんとした目でこちらを見上げる。その声はなんだか蕩《とろ》けたように甘く聞こえて、史郎の心臓はどくん、どくんと大きく高鳴った。

（た、確かこの後は……）

史郎は漫画の展開を思い出す。そしてちょうど思い出した展開をなぞるように、テトラは史郎を優しくベッドに押し倒した。

「しろーの……ください」

ねだるようなテトラの声に、史郎も思わずゴクリと唾を飲み込む。

「……う、うん。……どうぞ」

緊張で震える手を必死に抑えながら、襟《えり》を緩め首筋を差し出す。テトラもそこに顔を近づけ、そっと舌を這《は》わせる。

「ん……っ」

テトラは恥ずかしそうに頬を染めながら、それでも丁寧に首筋を舐《な》めてくれる。舌が往復するたび甘い刺激が走って、次第に息が荒くなっていく。

やがて、かぷっとテトラが首筋に噛《か》みついた。そこから全身に痛みとも快感ともつかない感覚が駆け巡る。全身が熱くなり、思わず吐息が漏《も》れる。興奮しているのはテトラも同じようで、同じように熱い息を吐いていた。

（可愛い……）

いつもと少し服装やシチュエーションが違うだけ。それだけなのにこんなにもドキドキしてしまうとは思わなかった。

「んっ……んっ……」

こくん、こくんとテトラが血を嚥下《えんげ》していく。

そのたびに甘い快楽が全身を支配する。時折、史郎の耳元に熱い息がかかってさらに心臓が高鳴っていく。

「しろー……」

「テトラ、さん……？」

熱に浮かされたように潤んだ瞳《ひとみ》で見つめられる。そしてテトラはおもむろに、史郎の着ているシャツのボタンを外し始めた。

「え、あの、テトラさん……？」

戸惑う史郎に構わず、テトラは史郎のボタンを全部外してしまった。そして今度は、史郎のズボンへと手をかける。

「……待って⁉　テ、テトラさんなにやって……」

「しろー……ぬいでください……」

はぁはぁと熱っぽい吐息を吐きかけながら、テトラはとろんとした目で史郎を見つめる。

「しろーと……したいです……」

「…………っっっ⁉」

心臓が跳ねるのを感じた。また、脳裏に杉崎さんの言葉が浮かぶ。

『大人の階段上っちゃえ♪』

慌てて頭をぶんぶん振って、自分のズボンを脱がそうとしているテトラの腕を摑《つか》んだ。

「そ、それは流石《さすが》にだめだよテトラさん⁉」

「……しろーは、テトラとするの、いやですか？」

「……っ」

史郎はつい、その質問に答えるのをためらってしまった。

たぶん、本気で嫌がればテトラはやめてくれる。嫌がるべきだともわかっている。

けれど心の片隅では、このまま続けてほしいなんて期待してしまっていて、こうやっている間にも、どんどん理性が溶けていく。

「しろー……」

テトラがとろんとした顔で史郎を見つめる。このままでは流されてしまう。なのに、抵抗できない。

そんな史郎に対し、テトラはふにゃりと柔らかい笑みを浮かべた。

「しろーも、カノンさんの衣装にきがえてください♡」

「……へ？」

†

「どうしてこうなったの……」

　ベッドの上には『まおしつ』の登場人物、カノンの衣装に身を包みウイッグまで被《かぶ》せられた史郎が転がっていた。なお、両手は史郎が抵抗したため頭の上で縛られてしまっている。

「というか！　この衣装どっから持ってきたの⁉」

「まいがエスカリーゼさんの衣装といっしょにいれてくれてたんです。『紅月《あかつき》くん可愛い顔してるしカノンちゃんの格好したら絶対似合うから頑張ってコスプレ沼に引きずり込んで』ってメモがそえられてました」

「杉崎さん何やってんの⁉」

「えへへ～いいじゃないですか～♡　テトラもコスプレとっても楽しかったので、しろーもいっしょにやりましょうよ～♡」

　ふにゃふにゃの笑顔でそう言われてしまうと、怒る気力も萎《な》えてしまう。

「そ、それならそうと最初から言ってよ。僕てっきり……」

「てっきり……なんだとおもったんですか？」

「う……」

「ねぇ、しろーはなにを想像してたんですかぁ？」

　テトラのニヤニヤとした視線が痛い。羞恥《しゅうち》に顔を真っ赤にしている史郎に、テトラはくすりと笑って史郎の頰を撫《な》でる。

「にしても思った通り、カノンさんの格好をしたしろー……とってもかわいいですね……」

実際、史郎のコスプレは非常に良く似合っていた。

ベレー帽のような帽子に大きめの外套《がいとう》。動きやすいシャツにすべすべの足が眩《まぶ》しいショートパンツ。

劇中でカノンはボーイッシュな雰囲気の少女なのだが、元々可愛らしい史郎の顔立ちもあってまったく違和感がない。

とはいえ、いくらボーイッシュとはいえ女の子の衣装であることに違いはない。史郎は恥ずかしくて涙目になっていた。

「は、恥ずかしいから……もう着替えさせて……」

「だめです♪」

楽しそうにそう言って、テトラは再び史郎に覆《おお》い被《かぶ》さる。

「ほら、しろー。まんがのシーンを再現するんですから、こんどはそのかっこうでしましょうね」

「ま、まってテトラさ……ひゃあああっ」

再びカプッと、テトラが史郎の首筋に噛みついてくる。その刺激に全身が蕩けそうになった。

「ん……ちゅぅ……あむ」

テトラが夢中で史郎の血を吸っている。その快楽に頭が蕩けそうになりながらも、史郎はなんとか理性を保つべく必死に抗《あらが》っていた。

「テトラさ……ん……っ」

「んむ……ちゅぅ……」

だがテトラは史郎の制止などまるで聞こえていないように夢中で血を吸っている。しかもそうしている間に、テトラの手がシャツの中に入り込んできた。

「ま、まってまって⁉　さ、流石にそれ以上は⁉」

慌てて止めようとするも、両手が縛られているせいで抵抗することができない。

テトラの手が、指先で撫でるように史郎の腰をくすぐる。

「んっ……くぅっ……」

ゾクゾクする刺激が背中を走り、思わず声を上げてしまった。

「うふふ……しろーったら、ほんとの女の子みたいな声だして……かわいい……♡」

そう言ってテトラは史郎の耳を甘噛みしてきた。同時に指先で腰をツーッと撫でられる。

「やぁ……んっ……」

「えへへ……しろー、かわいいです、しろー……」

腰をなぞっていたテトラの指先がお腹《なか》の方に移動し、そのままゆっくりと上に上がってくる。

「だ、だめ……だってばぁ……」

史郎が制止するもテトラは止まることなく、ついに史郎の胸に到達してしまった。そのまま指で引《ひ》っ掻《か》くように、史郎の胸の先端に触れる。

「ひゃうっ⁉」

「うふふ、男の子も……こうされると気持ちいいんですね……？」

そう言って指先で史郎の弱い部分を攻めながら、同時に首筋に吸い付いてくる。

「あぅ……っ⁉」

「ん……ぷは……えへへ……しろーの、おいしい……♡」

耳元で囁《ささや》かれる熱っぽい吐息と甘い言葉に、頭がとろけそうになる。

そうこうしているうちにもテトラの手は止まらない。テトラの細くて華奢《きゃしゃ》な指が敏感な部分に触れるたび、史郎の口から甘い吐息が漏れる。その反応を楽しみながら、テトラは吸血を繰り返す。

そうしてテトラがお腹いっぱいになって眠ってしまうまで、その攻勢はやむことはなかった。

†

（た、耐えた……）

史郎は息も絶え絶えになりながら、自分に覆い被さったまま眠っているテトラの身体をどかした。

「むにゃ……えへへ……♡」

テトラは相変わらず幸せそうな顔で眠っている。そんなテトラをちょっぴり恨めしく思いながらも、幸せな寝顔が可愛くて何も言えなくなってしまう。

（……なんか最近、テトラさんの吸血どんどんエッチになってってない？）

このままさらに進んでしまったらどうなってしまうのか。そう不安に思う反面、心の片隅でそれを期待してしまっている自分に気づき、史郎はぶんぶん頭を振った。

何はともあれ着替えようと、史郎はベッドから立ち上がった。

どうにか縛られた手をほどき、部屋のあちこちに散らばった自分の服を拾い集める。……そんな時にふと、姿見に映った自分の姿が目に入った。

鏡に映るのは、カノンの衣装に身を包んだ女の子の姿。ただウイッグを着けて服を着替えただけなのにバッチリ似合ってしまっている。この美少女が自分だとは信じられない。

しかもさっきまでテトラにいろいろされていたせいで頬が上気していて、目はとろんとして、正直ちょっと色っぽい。テトラが可愛いと連呼していた気持ちもちょっぴりわかってしまう。

「…………」

史郎はつい、鏡の前でちょっとポーズを取ってみた……その時だった。

「失礼します。今日の吸血はずいぶん長いですが何か問題でも……」

そう言ってメルが扉を開けて中を覗《のぞ》き込む。振り返った史郎とメルの目があった。

「…………シロー様ですよね？」

「待ってくださいいや違うんですいや僕は紅月史郎なんですけどこれはちがくていろいろと深い理由があって」

「大丈夫ですよ」

にっこりとメルが笑う。

「シロー様がそういう趣味をお持ちでも、私《わたくし》は何も気にしません。ええ、とてもお似合いですよ、シローお嬢さま」

「だから違うんですってば～～～っ!!」

その後、諸々説明したがメルの誤解が解けたかどうかは定かではない。

五話　テトラと水着選び

杉崎《すぎさき》さんのお店に行った数日後の朝。史郎《しろう》はテトラの部屋の前で気持ちを整えていた。

スマホで時刻を確認。午前十時。

この時間はテトラの朝の勉強が終わる時間だ。息を吸って、吐いて、大きく深呼吸。意を決してコンコンとドアをノックする。

「どうぞ」

テトラの返事がしてドアを開く。中に入るとテトラはテーブルの前に座り、メルが勉強道具を片付けているところだった。

「今、大丈夫かな？」

「ええ、構いませんよ？　何かご用ですか？」

「その……えっと……」

そこでつい口ごもってしまう。

杉崎さんはあっさり『誘ってあげてね』と言っていたが、男子が好きな女の子をプールに誘うというのはかなりの難行だ。

恥ずかしいし、もし引かれたら……などいろいろ考えてしまって、ついためらってしまう。

一方、何か言いづらそうに口をもごもごさせている史郎の姿にテトラは訝《いぶか》しげな顔をしていた。が、やがて何かに思い至ったのかハッとした。

「こ、こほん。シロー？　立ち話もなんですし、ひとまず座ってはどうですか？」

「え？　あ、うん」

テトラに促されて史郎はテトラとテーブルを挟んで向かい側に座る。

椅子《いす》に座ってもまだ頬《ほお》を赤くしたまま口をもごもごさせている史郎の姿に、テトラの顔もどんどん赤くなっていく。

「その……何かお話があるんですよね？」

「う、うん。そうなんだけど……えっと……」

まだ言いづらそうに、むしろ逃げ出したそうにドアの方に視線をやった史郎に、テトラはテーブルの下でキュッと拳《こぶし》を握った。

「……い、言ってください！　テトラは……こ、断りませんから……」

「え？」

「……っ、だから！　その……シローから、言ってくれるなら……テトラは、嬉《うれ》しくて……だから……」

顔を赤くしてプルプル震えているテトラの姿に、史郎も覚悟を決めた。

「……じゃ、じゃあ言うけど……」

「は、はい！」

「ぼ、僕とプール行かないかな⁉」

「…………はい？」

史郎は『言えた！』と心の中でガッツポーズをする。

だがテトラを見ると目をぱちくりさせているし、メルはため息をついて小さく首を横に振っていた。

「……プール、ですか？」

「う、うん。ほら、この間杉崎さんにもらったんだけど……」

そう言って史郎はチケットをテーブルに置いてテトラに見せた。

「…………」

テトラは何故《なぜ》かものすごく渋い顔をしている。

(僕何か失敗した⁉　やっぱり女の子プールに誘うの駄目だった⁉)

史郎が内心冷や汗をかいていると、テトラは何かを諦《あきら》めたようにため息をついて、次にテーブルに置かれたチケットに視線を落とす。

「……プールってあれですよね？　水着っていうのを着て水浴びするっていう……」

「うん。テトラさんはそういうの、経験ないの？」

「はい、テトラが住んでたのは寒い地域でしたし……」

そう言うテトラは何かに迷うように視線をうろうろさせている。

「テトラさん。嫌だったら別に断ってくれても……」

「別に嫌じゃないです。……嫌じゃ、ないんですけど……プールって……み、水着にならなきゃいけないいんですよね？」

「うん。でもテトラさんの水着姿ならきっと可愛《かわい》いと思うよ？」

「かわ……そ、そういう問題じゃありません！　というかむしろ人間はなんであんな格好で人前に出れるんですか⁉　あんなの下着と変わらないじゃないですか！」

「ま、まあそう言われてみればそうかもだけど……」

「そ、それに……」

テトラは顔を真っ赤《まか》にしたまま顔を伏せる。

「……シローと二人で水着なんて……絶対、ドキドキしちゃいますし……」

「え」

ごにょごにょと呟《つぶや》かれた一言。けどそれは史郎の耳にははっきり届いてしまった。

それに気づいたテトラはたちまちワタワタし始める。

「ち、違いますから！　さっきのは別に深い意味とかなくてっ！　た、ただ男性とそういう風になるの初めてだから緊張するってだけで！」

「う、うん……」

「……………」

「……………」

　何だか恥ずかしくなって二人でもじもじしていると、その空気に堪えかねたようにメルが「コホン」と咳払《せきばら》いした。

「いいじゃないですかお嬢さま。シロー様とは一緒にお風呂《ふろ》に入ったこともある仲なんですし」

「お、お風呂⁉　ちょ、メル⁉　お前何言ってるです⁉」

「覚えてらっしゃいませんか？　まだ異世界にいた頃、幼いシロー様をお世話している時に何度か一緒にお風呂に入ってたじゃないですか。ふふ、あの時のお嬢さま、男性の裸を見るのは初めてでしたので『この子お股になんか付いてる！』って大騒ぎしてましたっけ」

　そのことを思い出してしまったのか、テトラはもう火がでそうなぐらい真《ま》っ赤《か》になってしまった。

「変なこと思い出させないでください！　そもそもそんな昔のこと……」

「まあまあ。お嬢さま？　貴族たるもの、決断力が大切です。いつまでもうじうじしていてはせっかくの機会を逃してしまいますよ？」

「だ、だからって……」

「この世界には『やって後悔するよりやらないで後悔する方が辛《つら》い』という格言があるそうです。シロー様との思い出作りの機会、本当にふいにしてしまっていいのですか？」

「……うぐ」

テトラは小さく呻《うめ》くと、何度か史郎とメルの間で視線を行ったり来たりさせる。

「……まあそりゃあ、シローと遊びに行くの自体はやぶさかではありません。でもやっぱり水着というのは……」

「人間さんの文化に率先して挑戦してこそ同胞達に示しもつくというものです。それにですね……」

メルはテトラの耳元に顔を近づけひそひそと囁《ささや》きかける。

「お嬢さま、考えようによってはこれはチャンスかもしれませんよ？」

「チャ、チャンスですか？」

「はい。シロー様も男性。お嬢さまのような美少女の水着姿にドキドキしないわけがありません。今回の件を口実に、シロー様にアピールしてみては？」

「アピールって……い、嫌ですよ！　そんな色仕掛けみたいなこと……」

「……あまりのんびりしていると、他の女性にシロー様を取られてしまうかもしれませんよ？」

「へ？」

思いもよらない言葉だったのだろう。まるで鳩が豆鉄砲を喰《く》らったような顔でテトラはポカンとした。

「多少ずれてるところもありますがシロー様は顔立ちも可愛らしいですし、お嬢さまも知っての通りとてもお優しい方です。すでに他の女性から好意を寄せられている可能性も十分ありえると思いますよ？」

「な、何言ってるですか。シローがそんなモテたりするわけ……」

「例えば先日話していた『マイ』という新しいご友人。シロー様とも仲が良かったのでしょう？　友愛が恋愛に発展するのはよくあることです。お嬢さまもあまりのんびりしていると万が一もあるかもしれませんよ？」

「い、いや、だからって」

「それに……なんでしたら私《わたくし》が食べちゃいたいくらいですし」

「……っ⁉」

テトラの期待通りの反応に、メルはくすりと小悪魔じみた笑みを浮かべる。

「だってシロー様ってあんなに素直で可愛らしいんですもの。それにお嬢さまが絶賛するほどに血が美味《おい》しいんでしょう？　少なくとも吸血鬼《きゅうけつき》の女性なら誰《だれ》もが放っておかない逸材だと思いますよ？」

「そ、そんなこと言ってテトラを煽《あお》ろうったって……」

「あら、もしお嬢さまがお許しになるのでしたら今晩にでもシロー様の初めて、私が美味しくいただいちゃってもいいのですが？」

「な、ななな⁉」

メルは妖艶《ようえん》に笑うとテトラから顔を離し、史郎に視線を向ける。

「シロー様、お嬢さまはあまり気乗りしないようですし、よろしければ私《わたくし》と一緒に行きませんか？」

「え？　メルさんとですか？」

「はい。私もたまには羽を伸ばしたいですし、この機会にシロー様と親睦を深めるのもいいかなと。いかがですか？」

そう言ってメルはにこっと柔らかい笑顔を浮かべる。

大人のお姉さんの綺麗《きれい》な笑顔に、史郎はたちまち赤面してしまった。

「え、えっと、僕でよければ……」

「ふふ、ありがとうございます。それじゃあいっぱい『仲良く』しましょうね」

にこやかに話していたメルが『仲良く』と言う瞬間だけまるで妖婦のような笑みを浮かべたのをテトラは見逃さなかった。

それで『仲良く』という言葉をいろいろと深読みしてしまって、二人がプールに遊びに行った結果あんなことやこんなことになるのを想像してしまって……。

「うふふ、それではいつ頃にいたしましょうか？」

「そうですね。僕の方はいつでもいいので……」

「ちょ、ちょっと待つですーーっ！」

話を進めようとする二人の間でテトラが吠《ほ》えた。そして史郎を睨《にら》んでビシッと指をさす。

「シローー！　お前最初はテトラを誘ってたくせになにあっさりメルに乗り換えてるですか⁉

不埒《ふらち》です！　女たらしです！」

「え、ええっ⁉」

「あら、でもお嬢さまはシロー様とプール、行きたくないんでしょう？」

「……だ、誰も行きたくないなんて言ってません！」

テトラは口をもごもごさせ「う～」と唸《うな》りながら、ためらいがちに口を開いた。

「シローは、そんなにテトラとプール、行きたいんですか？」

ぼそぼそとテトラが呟くように言ったのに合わせて、メルが史郎の答えを促すようにウインクする。

「うん。せっかくの夏休みだし、テトラさんといっぱい思い出作りたいなって」

「ふ、ふん。シローがそこまで言うなら仕方ありません。いろいろお世話になった恩もありますし、一緒にプール、行ってあげるのです」

恥ずかしそうにそっぽを向きながら、けれどまんざらでもない顔でテトラは答える。

そんなテトラをメルは微笑《ほほえ》ましげに見ていたのだが、テトラはちょんとメルのメイド服を引っ張った。

「お嬢さま？」

「……プール、メルも一緒に来てください」

「え？　いやでもこういうのは二人きりの方が……」

「み、水着でシローと二人きりとか恥ずかしいじゃないですかぁ！」

顔真っ赤で涙目になりながら言うテトラ。

そんなテトラに、『先は長そうですね』とメルは苦笑いをこぼすのだった。

そんなこんなあったが、史郎もテトラも水着を持っていないので二人で買いにいくことになった（なお、メルも誘ったが『二人で行ってください』とあきれ顔で断られた）。

買いに行くのは杉崎さんのお店だ。

あそこなら水着も売っているというし、知り合いがいる店なら買いやすいだろうということで決まった。

ただ、お店に向かう間、ほとんど会話がなかった。

なにせこれから買いに行くのは水着なのだ。史郎はチラリと、隣を歩くテトラの様子をうかがう。

あらためて思うけれど、テトラはものすごく可愛い。真っ白な肌はきめ細かく、長い銀髪はさらさらと風に揺れている。

顔立ちも整っていて、まるでお人形さんみたいだ。

そしてそれだけでなく、胸は大きくて、それでいて腰はきゅっとしまっている。この子がもうすぐ水着に着替えるんだと思うと、男子としてはなんだかたまらないものがある。

思わずテトラの水着姿を想像してしまっていると、視線に気づいたらしいテトラがジト目で睨んできた。

「……なに見てるですか」

「ごめんなさいっ！　いや、えっと……その、テトラさん水着よく似合うだろうなって……」

「……シローのエッチ」

「ご、ごめん……」

「……一応言っときますけどテトラは水着なんて着たことないですし、あんまり自信ないですよ？」

「だ、大丈夫だよ！　テトラさんならきっと何着ても可愛いよ！」

「……またそういうこと簡単に言う……」

恥ずかしそうに顔を背《そむ》けるテトラ。

史郎の方もなんだか恥ずかしくて次の言葉を言えず、結局そのままお店に着いてしまった。

「あ、紅月《あかつき》くんにテトラちゃん、いらっしゃい」

事前に連絡していたこともあって、お店に入るとすぐに杉崎さんが出迎えてくれた。

「今日は水着買いに来たんだよね？　ふふ、女の子をプールに誘うなんて、紅月くんがんばったねー♪」

杉崎さんがそう言いつつテトラに視線をやると、テトラは頬を染めつつぷいっとそっぽを向いた。

「ふ、ふん。シローがどうしてもって言うから仕方なく付き合ってあげただけです」

「はいはい。そういうことにしとくねー」

杉崎さんはニヤニヤしながら、史郎とテトラを水着が置いてあるコーナーへと案内してくれる。

そうして水着が陳列してあるエリアまで来たが……ずらっと並んでいる水着を前に、史郎もテトラも硬直してしまった。

テトラが『水着なんて下着と変わらない』なんて言っていたが、実際陳列されている水着は下着とほとんど判別がつかない。

まるで女性用下着コーナーにでも迷い込んでしまった気分で、史郎はもう恥ずかしくて手で顔を覆《おお》ってしまった。

テトラも「ほ、ホントにこれ着るんですか……？」とわなわなしている。

「はい、それじゃあここで二人に似合う水着を……って、大丈夫？」

「ご、ごめん……ちょっと……」

「だいじょうぶじゃないかも……です……」

恥ずかしさのあまりぷるぷるしている二人に、杉崎さんは苦笑いしている。

「やれやれ、仕方ないなぁ。ここは私が一肌脱いであげますか」

「「え」」

杉崎さんは並んでいる水着から一着選び、そのまま試着室に入ってしまった。程なくして試着室の中からしゅるしゅると服を脱ぐ音が聞こえてくる。

「あの……杉崎さん？」

「開けちゃだめだよー？　今私、パンツ一枚しか着けてないから」

「……～～～～っ」

そんなことを言われたら思わず想像してしまう。隣にいるテトラがたちまち不満そうな顔になり脇腹《わきばら》をドスッと小突かれた。

やがてカーテンがシャッと音を立てて開かれる。

「じゃーん♪」

そうして出てきたのは、オレンジ色のビキニを身にまとった杉崎さんだった。

「えへへ、勢いで着ちゃったけど男の子に水着見せるのやっぱりちょっと恥ずかしいね。で、紅月くんどうかな？　かわいい？」

杉崎さんはほんのり頬を染めつつ、そんなことを聞いてくる。

「え、えっと……その……」

史郎は言葉に詰まる。可愛いかどうかで言えば間違いなく可愛いのだが、それを素直に口にするのは恥ずかしい。つい視線をそらしてしまう。

一方の杉崎さんはそんな史郎を面白《おもしろ》そうにニマニマしながら見ていた。

「こーら。ダメだよ紅月くん、女の子が勇気を出して水着を着てあげたんだから、男の子はちゃんと感想言ってくれないと」

「そ、そういうものなの？」

「そういうものなの。ほら、ちゃんとこっち見て」

杉崎さんはそう言って史郎の顔を両手で挟むと、目をそらしていた史郎の顔を無理やり自身の水着姿に向けさせてしまう。

無防備に晒《さら》される肩や太もも、腰回り。杉崎さんはスレンダーな体型で胸も控えめだが、その細い体つきが庇護《ひご》欲をそそるというか、少し上目遣《うわめづか》いに覗き込んでくる瞳《ひとみ》に思わずドキドキしてしまう。

何より普通なら制服姿しか見られないクラスメイトの女の子がそんな格好をしているのは、思春期の男子高校生にとってものすごい破壊力だった。

「どう？　似合ってる？」

「……う、うん。すごく、かわいい……」

「ふふ、ありがと～」

杉崎さんはちょっと恥ずかしそうにはにかんだ。そんな笑顔も可愛くて、顔がどんどん火照《ほて》っていくのを感じる。

と、その時だ。

「……テトラも着ます」

「へ？」

呟くような声が聞こえてそちらを振り向くと、テトラがむっすーと頬を膨らませていた。

「テトラも水着着ます」

「えっと、テトラさん？　なんか怒ってる？」

「怒ってないです。……シローの不埒者」

「え、ええ？」

困惑する史郎に対し、杉崎さんはしてやったりという感じの笑みを浮かべている。

「オッケーそうこなくっちゃ。それじゃあちょっと待ってね、すぐ着替えてテトラちゃんに似合う水着選んであげるから」

そう言うと杉崎さんは再び試着室に引っ込んで、手早く元の服に着替えてきた。そして喜々としてテトラの水着を選んでくる。

「はい、テトラちゃんこれ着てみて」

「……ふん、やってやるです」

テトラは水着を受け取ると、まるでこれから決闘でもするかのような雰囲気で試着室に入っていく。

「テトラちゃんって扱いやすいね〜」

そんなテトラを、杉崎さんは悪戯《いたずら》っぽい笑みを浮かべて見送るのだった。

†

（なんですか、シローったらデレデレして……）

テトラは試着室でぷんすかしていた。

史郎が自分以外の女の子にデレデレしていたのがちょっと……いやかなり面白くない。

（シローは不埒者なのです。ちょっと他の女が肌を見せたぐらいで鼻の下伸ばして。ふん、いいですよやってやるです。誇り高きヴァルフレア家の一員として人間なんかに負けないのです）

そうして水着を手に取るが……。

（こ、これ着るですか……？）

杉崎さんに渡されたのは、黒のビキニタイプの水着だった。しかも紐《ひも》で結ぶタイプな上に、布面積がけっこう小さい。正直、着るのにかなり勇気がいる。

だが、ここで引き下がるのは負けた気がする。

（こ、これは勝負なのです！　誇り高きヴァルフレア家の一員として引くわけにはいきません！）

そう決意して、テトラは水着に着替えた。

†

「あ、あの……着替え終わりました」

「どれどれ、見せて見せてー♪」

「ま、待ってください。ちょっと、心の準備を……」

試着室の中ですー、はー、とテトラが深呼吸する音が聞こえる。やがてシャッと試着室のカーテンが開かれた。

「お、お待たせしました……」

頬を赤く染めて、恥ずかしそうにもじもじしているテトラ。その姿に史郎は完全に固まってしまった。

テトラが着て来たのは、黒いビキニタイプの水着だ。

黒い布地はテトラの真っ白な肌をさらに綺麗に引き立てているし、小柄な身体は小動物のような可愛らしさを感じる。

そして何より……おっぱいが、大きい。

テトラの小柄な体格に対してボリューム感がある胸は、布地がやや小さいせいで水着がちょっと食い込んでいて非常に艶《つや》めかしい。

「どう、ですか……？」

恥ずかしそうにもじもじしながら上目遣いで聞いてくるテトラ。普段とは違うしおらしい態度にますます心臓が高鳴ってしまう。

胸から少し視線を下げると、キュッと引き締まったお腹《なか》と可愛らしいおへそが見える。

下半身を隠す黒い布地は頼りなげな細い紐で結ばれていて、あれがほどけてしまったらどうなるんだろうとハラハラドキドキする。

「……シロー？」

「ごめんなさい⁉」

つい反射的に謝って、視線を床に落として目をそらした。だがテトラの水着姿はあまりに鮮烈で、視線をそらせても脳裏に焼き付いて離れない。

……しかも、テトラはさらなる追い打ちをかけてくる。

「シロー？　ど、どうしたですか？」

テトラが心配そうに、腰を曲げて下から覗き込んできたのだ。

体勢のせいで胸の谷間がむにっと強調され、しかも上目遣いで覗き込んでくる表情が可愛くて……もう、限界だった。

「ぐう……」

史郎は低く唸《うな》るとその場にしゃがみ込んでしまった。

「シ、シロー⁉　ホントにどうしたです⁉　体調悪いんですか⁉」

「いや……ごめん、ホントごめん、大丈夫だからしばらくそっとしてて……」

しゃがみ込んでぷるぷるしている史郎に、テトラの水着を選んだ杉崎さんも苦笑いしている。

「あー……うん。私もごめん。これはダメだわ。テトラさん別の水着に着替えよ？」

「え？　え？　こ、この水着そんなに似合いませんか？」

「いやそうじゃなくてね？　すごく似合ってるんだけど、その水着でプールなんて行ったら紅月くんが死んじゃいそうというか……」

「？？？」

未《いま》だに頭に大量の？マークを浮かべているテトラに、杉崎さんはそっと耳打ちする。

「えっとね？　男の子って…………だから…………だと…………」

たちまち、ボッと沸騰するようにテトラの顔が真っ赤になった。

「な、なななな……っ」

「まあそういうわけだから、もうちょっと大人しい水着にしてあげようね？　ほら、こっちとかエッチさ控えめで可愛いし」

「そ、そういうのがあるなら最初から出してください！」

テトラは杉崎さんの手から新たな水着を引ったくると逃げるように試着室に入っていった。

一方の杉崎さんはニマニマしながら史郎の方を見る。

「あはは、ごめんね紅月くん」

「い、いや……大丈夫……」

「それにしても……紅月くんって結構ムッツリだったんだねー？」

「〜〜〜〜っ」

クラスメイトの女の子にこんなところを見られて、穴があったら入りたい気分だったけど諸々《もろもろ》の理由で立ち上がることもできなかった。

その後、テトラは無事に水着を選び終わったのだが……史郎とテトラは顔を赤くしながら、何とも気まずい空気になってしまっていた。

「まあまあ。テトラちゃんも彼氏に見せたぐらいでそんなに恥ずかしがらなくていいじゃん」

「だから！　シローは彼氏なんかじゃないです！」

テトラは『がおー』と吠えると、じろりと史郎を睨んだ。

「……お前も水着着るです」

「へ？」

「テトラが一方的に水着見られたの不公平です！　シローも水着着て恥ずかしい思いしやがれです！」

「お、いいねー。確かにこの三人で紅月くんだけ水着披露してないの不公平だもんねー？」

杉崎さんがニヤニヤしながら悪乗りしてくる。

「い、いや僕はいいよ。そんな僕の水着なんて見ても楽しくないだろうし……」

「ダメです。シローだけ恥ずかしい思いしてないのは不公平です」

「そうだそうだー！　紅月くんも着ろ着ろー！」

結局二人に押し切られて、史郎も水着を着ることになった。（最初、杉崎さんがふざけてブーメランパンツを手渡してきたが流石《さすが》にそれは断った）
試着室で着替えながら、史郎は頬がどんどん熱くなっていくのを感じていた。
（た、確かにこれ……けっこう恥ずかしいな……）

家以外で裸になるのもそうだし、今から水着姿を見せるのは女子二人。しかも片方はクラスメイトで、もう片方は大好きな女の子だ。緊張しないわけがない。

とはいえ、その二人にはすでに水着姿を披露してもらったのだ。ここで自分だけ引き下がるわけにもいかない。

思い切って服を脱ぎ、トランクス型の海パンをはいた。鏡でおかしな点がないか確認し、意を決してカーテンを開いた。

「お、お待たせ」

「おー、どれど……れ……」

ニヤニヤしながら待っていた杉崎さんの言葉が止まった。

その隣ではテトラが史郎の水着姿を見たまま固まっている。

「あの……二人とも？　な、なにか変かな？」

「い、いや。そんなことないよ？　似合ってるよ？」

「……です」

言葉とは裏腹に二人は顔を赤くして視線をそらせてしまった。

「何で視線そらすの⁉」

「い、いやだって……ねえ？」

「……です」

二人とも顔を赤くしたままこっちを見てくれない。

——史郎自身は自分の身体についてあまり意識したことがないのだが……史郎の身体は、とても魅力的なものだった。

別に筋肉ムキムキというわけではない。むしろ細身な部類である。

しかし野山を駆けまわって自然に培《つちか》われた筋肉は、意識して鍛えたのとは違うネコ科の野生動物を思わせるような一種の美しさと色気があった。

加えて、同年代の男子に比べてきめ細かい肌。それに童顔な顔立ちに、羞恥《しゅうち》で赤く染まった頬と潤んだ瞳が合わさって、何故だか妙にドキドキしてしまう。

しかし当の史郎はそんな自覚がないようで、「そ、そんなに変かな……？」としょんぼりしている。

「だ、だからそんなことないって！　ほらテトラちゃん！　紅月くんのこと褒めてあげて！」

「ちょっ⁉　やめるです⁉　前に押し出すなです⁉」

テトラは杉崎さんによって史郎の目の前に押し出されてしまった。

あらためて間近で史郎の水着姿を見て、テトラは顔を真っ赤にしてしまう。

「あ、あの……もう見たから、早く服着てほしいです……」

「ぼ、僕の水着ってそんなに変？」

「そうじゃなくて……その……」

テトラは恥ずかしすぎて涙目になりながら、それでも何とか言葉を紡《つむ》ぐ。

「しろーの、水着……見てると、ドキドキ、しちゃいますから……」

テトラの言葉を聞いて、今度は史郎の顔が真っ赤に染まる。

そして、テトラの後ろで様子をうかがっていた杉崎さんも顔を真っ赤にしながら両手で口元を覆っていた。

「え？　告白？　今告白した？　男の子にドキドキしちゃうとかもう告白だよね？」

「ち、違いますそういう意味じゃないです！　えっと……そう！　シローはテトラのペットみたいなもので……」

「ペット⁉　さ、流石にその歳《とし》でそんなプレイは駄目だよテトラちゃん⁉　……い、いやでも？　テトラちゃんって異世界の出身なんだし頭ごなしにそういう価値観を否定するのも……それに私的にはテトラちゃんみたいな美少女吸血鬼がそういうプレイが好きっていうのもありよりのありというか……」

「だから違いますから⁉　さっきから何言ってんですかお前は⁉」

それからしばらくの間、二人は顔を赤くしたまま、やいのやいのと言い合っていた。

幕間

いろいろあったもののどうにか水着を選び終わった後、まいはバイトがお昼の休憩時間に入ったこともあってもう少し二人と一緒にいることになった。

史郎《しろう》とテトラを行きつけのファストフード店に案内し、三人で席に着く。

「んー、楽しかった～♪」

機嫌良く伸びをしているまいに対し、史郎とテトラはぐったりしている。水着選びで気力を使い果たしてもうヘトヘトなようだ。

そんな二人に苦笑いしつつ、まいは水着を選んでいる時の二人の様子を思い出す。二人とも相手の水着姿に恥ずかしがって、ワタワタして、見てるこっちが恥ずかしくなるぐらいだった。

「……二人ともさぁ、本当に付き合ってないの？」

「だ、だから違いますから！　そんな事実は一切《いっさい》ありません！」

「う、うん……」

顔を真《ま》っ赤《か》にして必死に否定するテトラと、同じく顔を真っ赤にして視線をそらす史郎。

たぶん隠そうとしているのだろうけど、端から見るとお互い意識しているのがバレバレである。

二人して頰《ほお》を染めて、照れながらもちゃっかり隣同士に座る二人はすごく幸せそうだ。

「いいなぁ……私もそういう青春したいなぁ」

「そ、そういえば杉崎《すぎさき》さんってそういう相手いないの？　学校でも男の子とよく話してるけど」

「ないない。告白されたこと自体はあるんだけど、この人！　っていう人とはなかなか出会えなくてさ～」

杉崎さんはそう言うと小さくため息をつく。

「いや私も恋愛したいって気持ちはあるんだけどね？　うちのお父さんとお母さんすっごく仲良くてそういうの憧《あこが》れるし。……でもな～、だからって妥協したくもないんだよね～……はぁ」

どんよりとした表情でため息をつくまいに、史郎は苦笑いする。

「ま、まあ頑張ってね。杉崎さん可愛《かわい》いし、きっと素敵な人が見つかるよ」

「うん。ありがとねー。……いや待てよ。この際紅月《あかつき》くんと試しに付き合ってみるっていう手もあるか……」

「え」

「な、ななな何言ってるですかお前は⁉」

史郎以上に狼狽《ろうばい》しているテトラにニマニマしながら、まいは続ける。

「いやね。さっき言ってた私のお父さんとお母さん。元々はあくまでも友達って感じで恋愛感情とかまったくなかったらしいの。でも一緒にいる間にいつの間にか～って感じで……だから試しに紅月くんと付き合ってみるのもありなんじゃないかな～って」

「な、何言ってるですか！　そ、そんなの駄目に……」

「あれれ？　なんでテトラちゃんがそんな必死に反論するのかな～？　別に二人は付き合ってる訳じゃないんでしょ？」

「そ、それはそうですけど………う～……うう～～……」

恨めしそうな顔でうなり始めたテトラに、まいはぷっと吹き出した。

「あはは、冗談冗談。もー真っ赤になっちゃって可愛いな～テトラちゃん。……はぁ」

ジュースをすすりながら二人を見る。実際、羨《うらや》ましいと思う。

好きな人がいて、その人の一挙一動にドキドキして、お互いに意識しあって……。

そういうのを見るのは大好きだけど、一度ぐらい自分もそういう経験をしてみたいと思う。

好きな人を見つけて、その人の一挙一動にドキドキして翻弄《ほんろう》されてみたい。

ちょうど目の前の二人みたいに、見てるこっちが恥ずかしくなるぐらいの青くさい青春を送ってみたい。

「……ねえねえ二人とも、お邪魔虫なのわかってて言うんだけど、プール私も一緒に行っちゃ駄目かな？」

「え？」

「いやー、花の女子高生が夏休みの間ずっとアルバイトっていうのもどうかと思うし、少しぐらい青春っぽいことしようかなって。……あと二人のこと気になるし。テトラちゃんも紅月くんも、あんな様子じゃプール行ってもお互いの水着姿に恥ずかしがってぐだぐだになるの目に見えてるし」

　にやりと笑ってそう言うと、テトラも史郎も「うぐっ」と声を詰まらせた。実際本人達もその自覚があったのだろう。

「……一緒はいいですが、もう一人連れがいるのは構いませんか？　メルっていう、うちに仕えている吸血鬼《きゅうけつき》のメイドなんですけど……」

「吸血鬼のメイドさん⁉　いいよいいよ大歓迎！　むしろいろいろお話ししてみたいし」

　そうして、まいも一緒にプールに行くことが決まったのだった。

　――一緒にプールに行きたいと言ったのは軽い気持ちからだった。

　ドキドキするような恋をして、大好きな人に胸をときめかせたい。そんな願望はあるものの、自分にはどうやら望むべくもない。

　ならせめて、そんな青春を送っている二人のことを近くで見ていたいなと、そう思っただけ。

　二人をからかって、史郎とテトラの様子を見て楽しんで、自分も青春気分を味わう。

そんなつもりだった。

六話　ナイトプール

プール当日。

その日は日が沈んだ後にもかかわらず気温が高くて、じっとしていても汗ばんでくるような熱帯夜だった。

ただこんな夜はある意味、絶好のナイトプール日和《びより》とも言えるだろう。

「わぁ……」

水着に着替えてプールサイドにやって来た史郎《しろう》は思わず声を漏《も》らした。

プール自体は以前にも妹と来たことはあるが、ナイトプールはまた雰囲気が全然違う。

昼は家族連れや小さな子供も多く賑《にぎ》やかな雰囲気なのに対して、ナイトプールは比較的静かというか、落ち着いた雰囲気だ。

年齢層は全体的に高めで、おそらくはカップルであろう男女ペアの割合が多い。

ところどころにＬＥＤの照明が設置され、どこからかゆったりとした音楽も聞こえてくる。

ちょっぴり大人な空間というか、ロマンチックな雰囲気だ。

史郎は慣れない空気に緊張しつつ、女性陣が着替え終わるのを待つ。

（僕……けっこうものすごいことしてるよね……？）

あらためて今の自分の状況を思い返すと、なんだかそんな気がしてきた。

なにせ今日一緒にプールに来たのは自分以外女の子ばかり。しかも全員すごく可愛《かわい》いのだ。

テトラは吸血鬼《きゅうけつき》のお姫様で、運命的な再会を果たした大好きな女の子。

杉崎《すぎさき》さんは快活で、クラスで男女問わず慕われている人気者。

メルは吸血鬼のメイドさんで、時々自分とテトラの仲をからかってくる大人のお姉さん。

肩書きを思い浮かべるだけでもそうそうたる顔ぶれだ。

そんな女の子達が全員、水着になるのである。緊張しない訳がない。

ドキドキしながらプールサイドをうろうろしていると「お待たせ～」と杉崎さんの明るい声がした。

振り返ると、杉崎さんが手を振りながらこちらに歩いてくるところだった。

オレンジ色の明るいビキニ。女性らしい膨らみには乏しいものの、健康的な瑞々《みずみず》しい肌やキュッと引き締まったお腹《なか》周りは十二分に魅力的だ。

しかもそれがLEDの淡い照明に照らされていて、何やら妖しい魅力まで感じてしまう。

「えへへ、あらためてだけどどうかな?」

「……すっごく可愛い」

史郎がつい見惚《みと》れてしまいながらそう言うと、杉崎さんは「そうやってストレートに言われると照れちゃうね～」とはにかんだ。

「でも紅月《あかつき》くん、私の水着なんて序の口だから。残りの二人は……覚悟した方がいいよ」

「か、覚悟ってどういうこと⁉」

「まあまあ、見ればわかるから」

杉崎さんの意味深な言葉に恐々としていたが、その言葉の真意はすぐにわかった。

「お待たせいたしました」

そう言ってメルがやって来た。着ているのは競泳水着だ。

「………っ」

たちまち顔が熱くなるのを感じた。

メルが美人だというのは知っていたが、普段肌を晒《さら》すことがない分、水着姿というのは破壊力が桁違《けたちが》いだった。

均整のとれた身体。細い腰回りに、すらりとした手足。

肌は陶磁器のように白くて、滑らかで、薄暗い中でほんのり輝いているかのようにも見える。

「こういう格好は不慣れなので少し恥ずかしいですね」

わずかに頬《ほお》を染めてはにかむ姿もどこか色っぽくて、大人の魅力に溢《あふ》れている。吸血鬼ということもあって、周りの人々の視線をかっさらっていた。

「いかがでしょうかシロー様。おかしなところはありませんか？」

「は、はいっ！　すごくおきれいです！」

裏返りそうな声で返事をした史郎に、メルはくすりと悪戯《いたずら》っぽい笑みを浮かべる。

「しかしやはりこうして野外で肌を晒《さら》すのは少し恥ずかしいですね。特にほら、羽を出すために背中が開いたものを選んだのですが……」

そう言ってメルはくるりと背を向ける。瞬間、史郎は悲鳴を上げそうになった。

正面から見ると普通なのだが、メルの水着は背中側がぱっくりと、お尻《しり》付近まで大きく開いていたのだ。その白くて美しい背中のラインが、惜しげもなくさらされている。

真《ま》っ赤《か》になって視線をそらす史郎を、杉崎さんはニマニマと、メルはくすくすと笑って見ていた。

「ところでメルさん。テトラちゃんはどうしたんですか？　まだ着替えてる途中？」

杉崎さんが聞くと、メルはため息交じりに「あちらです」と手で指し示す。

そこには物陰に隠れてもじもじしているテトラがいた。

「もー、テトラちゃん何してるの？　ほらこっちこっち」

「わっ⁉　ちょ、引っ張るなです！」

「お嬢さま、いい加減覚悟を決めましょう」

「メル裏切りやがりましたね⁉」

二人に引っ張られて物陰から出てきたテトラに、史郎は一瞬で目を奪われた。

身体を包むのは淡い紫色のビキニ。フリルがあしらわれていてお店で試着したものよりはかなり布面積が広いものの、それでもテトラのプロポーションがよくわかる。

小柄だけど手足はすらっとして、肌は陶磁器のように白くて滑らかだ。そして何より……テトラが歩くたび、大きなものが二つ、ぽよんぽよんと揺れているのだ。

それはもう、ぽよんぽよんと。

「ま、待ってくださ……や、やっぱりこんなところで水着なんて恥ずかしいです……！」

「でも紅月くんの視線釘付《くぎづ》けだよ？　もうさっきからテトラちゃんの方ばっかり見てるし」

「……っ⁉」

史郎にずっと見つめられていることに気づき、テトラは顔を真っ赤にして腕で身体を隠した。

そのまま杉崎さんとメルに押されて、テトラは史郎の前に立った。

メルや杉崎さんもすごく可愛いのだが、史郎が一番好きな女の子はテトラなのだ。史郎の主観で比べるなら、正直比較にならない。

そんな大好きな女の子が、恥ずかしそうに胸元《むなもと》と股間を手で隠しながらモジモジしているのだからもうたまらない。見ないように見ないようにと思っているのに、つい視線がテトラの身体に吸い寄せられてしまう。

そんな史郎を、テトラは顔を真っ赤にしたままジトッとした目で見上げた。

「シローのエッチ……」

「ごめんなさい！」

史郎は咄嗟《とっさ》に目をそらす。だがテトラはその反応がお気に召さなかったようで、ぷうっと頬を膨らませた。

「……二人のことは褒めてたのに、テトラには何も言ってくれないんですか?」

「え……う……」

史郎はそろりそろりと視線を戻す。だがテトラの方を見ると、どうしてもテトラの胸が視界に入ってしまうのだ。

白くて柔らかそうな、大好きな女の子の二つの膨らみ。直視なんてできなくて、またつい視線をそらしてしまう。それでも何とか言葉を絞り出す。

「……テトラさんが、一番かわいい」

「……よろしいです」

それでお互い限界で、多少慣れて動き出せるまで十分近くかかってしまった。


「ん……」

テトラはプールサイドに腰を下ろすと、おっかなびっくりな様子で水に足をつけた。

つま先でちょんと水温を確かめて、思ったほど冷たくなかったのかそのままふくらはぎまで水に浸す。

史郎もテトラの隣に腰掛け、同じように足を水に浸した。プールの水は程よい水温で、熱帯夜で火照《ほて》った身体が冷やされて気持ちいい。

そのまま足を動かして軽く水をパシャパシャする……と、テトラが何やら、チラチラとこちらを見ていることに気づいた。

「？　テトラさんどうかした？」

「へ⁉　い、いえ別に⁉　シ、シローのことなんて見てませんけど⁉」

「え？　う、うん？」

わたわたと慌てるテトラに、史郎は『どうしたんだろう？』と首を傾《かし》げた。

――と、そんな時だ。

「ほらほら二人とも、せっかくなんだから楽しもうよ」

「ひゃっ⁉」

史郎とテトラの間に杉崎さんが入ってきて二人の首に腕を回す。そのまま二人もろとも水の中に飛び込んでしまった。

「ごぼごぼ……ぷはっ、ちょ……何するんですか！」

「あはは、ごめんごめん。でもこのままだと紅月くんもテトラちゃんもモジモジしたまま終わっちゃいそうだったし」

それは正直図星だったようで、テトラもそれ以上反論できなくなってしまった。「よ、余計なお世話です」と、頬を染めてぷいっとそっぽを向いてしまう。

そんなテトラをニヤニヤ見ながら、杉崎さんは「えいっ」とテトラに水をかけた。

「わぷっ、ちょ、やりましたね！」

「わはははー」


きゃーきゃー黄色い声を上げながら水を掛け合う二人の姿を見ながら、史郎は嬉《うれ》しそうに口元を緩めていた。

「よかった。テトラさん、楽しそうだ」

「ええ、本当ですね」

その声に振り向くと、いつの間にかメルがすぐ背後のプールサイドに腰掛けていた。……つい無防備に晒された太ももに視線が行ってしまいそうになり慌てて目をそらす。

そんな初々しい史郎の様子にくすりと微笑《ほほえ》みを浮かべながら、メルは遊んでいるテトラに視線を移す。

「シロー様と出会ってからお嬢さまはとても明るくなりました。……いえ、本来の明るさに戻ったと言うべきでしょうか」

「本来の明るさ?」

「ええ。……この国でシロー様と出会うまで、お嬢さまはだいぶやさぐれていましたから。特にこの国に来ばかりの頃はひどかったんですよ？　せっかく一緒に暮らせるようになった家族とまた離ればなれになったたって」

言われて思い出す。

異世界にいた頃、テトラは人間からの迫害を避けるために家族とは離れて暮らしていた。それがこの世界に来て、形はどうあれようやく家族と一緒に暮らせると思っていたところに『今度はメルと二人で人間の国に行け』なんて言われたらそりゃあ、やさぐれもするだろう。

「僕と出会った時も家出中でしたからね……」

「ふふ。ですがおかげさまで、お嬢さまはとてもいい方向に変わりました。そして今度はああやって新しいお友達まで……。心より感謝申し上げます」

「い、いえそんな、僕はただテトラさんと一緒にいたかっただけで大したことは……」

「きっとそういうところが良かったのでしょうね。……ただ、不甲斐《ふがい》なくも感じています」

「不甲斐ない？」

「私《わたくし》は、お嬢さまが生まれた時からお世話してきました。誰《だれ》よりもお嬢さまに寄り添ってきたのは自分だと、そう自負していました」

メルはそう言って、少し寂《さび》しそうに目を伏せた。

「なのに、長年周りに壁を作っていたお嬢さまの明るい笑顔を取り戻したのはシロー様で、今楽しそうに笑っているのはついこの間友人になったばかりの杉崎様です。……正直、少し寂しいですね……」

「……メルさんって、テトラさんにとってお母さんみたいなものだと思うんです」

「え？」

思いがけない史郎の言葉にメルは目をパチリとさせた。史郎は言葉を続ける。

「えっと……偉そうだったらごめんなさい。その……テトラさんはメルさんのことお母さんみたいに思ってて、そんなメルさんが見守ってくれてるから、テトラさんも安心して毎日楽しく過ごせるんじゃないかなって」

「お嬢さまが私のことをお母さん……そ、そうでしょうか？　お勉強の時などに文句を言われることもしょっちゅうですが……」

「それはテトラさんなりにお母さんに甘えてるんだと思いますよ？　僕に文句言ってる時と違って、メルさんに文句言ってる時はそういう感じがするというか……」

そうやって話すと、メルはほんのり頬を染めた。

――メルはテトラのことは主《あるじ》であると同時に娘や妹のように想《おも》っている。だが他の人に『テトラもメルのことをお母さんみたいに思っている』と言われたのは初めてだ。

……それがなんだか、思いのほか嬉しくて照れくさかった。

「……お嬢さまの機微にそこまで聡《さと》いのに、どうしてお嬢さまの照れ隠しには気づかないんですか？」

「え？　何か言いました？」

「いいえ何でも」

メルはくすくす笑うと、軽く腰を浮かしてちゃぽんと水の中に入った。

「さて、このような水遊びは久しぶりなので腕が鳴りますね」

そう言ってぐるぐると肩を回すメルの姿に、なんとなく嫌な予感を覚えた史郎は一歩下がる。

「……あの、メルさん？」

「こほん。私もそれなりに長く生きておりますが、こういった場面では無礼講かつ童心に返るのが正解と考えています。……そういうわけなのでシロー様？　お覚悟を」

にこりと笑ってそう言うと、メルはまるでちゃぶ台返しをするような動きで思い切り史郎に水をかけた。水の塊が、盛大に史郎の顔面に直撃する。

「わぷっ⁉　ちょ、メルさん待って……ごぼっ⁉」

「待ちません♪」

「あはは、二人とも楽しそー私も交ぜてー♪　それじゃ私がメルさんチームでテトラちゃんは紅月くんチームね」

「勝手にきめ……わぷっ⁉　ちょ、メル！　やりましたね⁉」

「申し訳ありませんがここは無礼講の場ですので。そんなわけでお嬢さまもお覚悟を」

「いやだからって主に対して多少の手心とかあるじゃないできゃあああああ⁉」

そうやって月夜の下、四人が遊ぶ声が響くのだった。

†

「そういえば、シローは泳げるんですか？」

水の掛け合いも一段落して、少しまったりし始めた頃。テトラがなんとなしにそんなことを聞いてきた。

「うん、けっこう得意だよ？　親戚のおばさんが海女《あま》さんやってて、中学生の時にいろいろ仕込まれたから。素潜《すもぐ》りで三分ぐらいは行けると思う」

「……それは『けっこう得意』の範疇《はんちゅう》なのですか？」

「そういうテトラさんは泳いだことないんだよね？　よかったら教えてあげようか？」

「ふん、必要ありません。確かに泳いだことはありませんがテトラは吸血鬼です。人間にできてテトラにできないわけガボゴボゴボゴボ……」

「わあああああっ⁉　テトラさーーん⁉」

トンとプールの底を軽快に蹴《け》って泳ぎだそうとしたテトラは、そのまままったく浮かぶことなく水底まで沈んでしまった。史郎が慌てて引き上げる。

「けほっ、けほっ……」

「だ、大丈夫？　水飲んでない？」

「は、はい。なんと……か……」

はたと、二人の目が瞬《またた》く。

顔が、近いのだ。

史郎は溺れてるテトラを慌てて引き上げて、テトラもそんな史郎にしがみついたものだから、お互い抱き合うような体勢になってしまった。

おまけに今は二人とも水着なので、肌と肌が密着している。

抱き合うような体勢になること自体は吸血の時にちょくちょくあるが、こうして肌と肌が直接触れあうようなのは初めてだ。

テトラの白くて、柔らかくて、吸い付くように滑らかな肌。

触れてるだけで気持ちよくて、こんな場所なのについもっと触れていたいだなんて考えてしまう。

テトラは恥ずかしそうに視線をそらせ、ぼそぼそと口を開く。

「あ、あの……シローｌ。恥ずかしいから……離してください……」

「わ⁉　ごごごごめん⁉」

慌てて手を離す。テトラは顔を真っ赤にしたまま、気持ちを落ち着けるように胸に手を当てほーっと息を吐いていた。

大好きな女の子が自分と抱き合って、怒るでも嫌がるでもなく恥ずかしがっている。そのことになんだかものすごくドキドキしてしまう。

「…………」

「…………」

気恥ずかしくて、二人してもじもじしてしまう。——視界の端で、何やらメルと杉崎さんがアイコンタクトを取ったのがチラリと見えた。

「えーと……、私お手洗い行ってくるね」

「では私は付き添いで行ってきます。お嬢さま、シロー様、どうぞごゆっくり」

「え⁉ ちょっ、二人とも⁉」

それだけ言うと、二人とも止める間もなく行ってしまった。

残された史郎とテトラの間に沈黙が落ちる。

「……テ、テトラさん泳ぐの苦手そうだし、浮き輪でも借りよっか！」

「そ、そうですね！ そうしましょう！」

恥ずかしいのを誤魔化《ごまか》すように変に明るい声を掛け合って、水から上がって浮き輪をレンタルする受付に向かう。

……チラリとテトラの方を見るときめ細かな肌が水を弾《はじ》き、身体からポタポタ滴がしたたっている。そんな光景にすら何故《なぜ》だかドキドキしてしまって、史郎は慌てて目をそらした。

（だ、だからダメだって！　あんまり女の子をそんな目で見ちゃ！）

史郎は自分に言い聞かせるように心の中で叫ぶ。

だが史郎も思春期の男子高校生なのだ、しかも相手は大好きな女の子。普段は見ることができない肩や鎖骨のライン。大きな胸の谷間や柔らかそうな太ももに視線が吸い寄せられてしまう。

そんな自分に自己嫌悪しているのだが、ふと気づいてしまった。

テトラの方も、時々チラチラと史郎の身体に視線を送っているのだ。

「テトラさんどうかした？　なんかさっきからチラチラこっち見てるけど」

『何か言いたいことでもあるのかな？』と思って聞いてみると、テトラの顔がボッと火がついたように真っ赤になった。

「み、見てません！　別にシローの身体なんて見てませんからね⁉」

「へ？　僕の身体？」

「〜〜〜っ！　な、何でもありません！」

†

大好きな女の子の水着姿を意識してしまっている史郎だが、それはテトラの方も同じであった。

加えて、吸血鬼であるテトラは普通の人間と比べると若干《じゃっかん》感性が違う。

（うう……）

史郎の身体を見ていたのがバレてしまって恥ずかしい。……なのに、史郎の身体を見たい気持ちを我慢できなくて、ついまたチラチラと視線を送ってしまう。

水着を買った時も思ったが、やはり史郎の身体はなかなか筋肉質だ。それも前回とは違い、今回はプールサイドを歩き回っているのでその筋肉の動きがよく見える。

史郎の筋肉はただ硬いのではなく、牙《きば》を突き立てやすそうな柔らかな筋肉だ。きっとどこに牙を突き立てても心地いい嚙《か》み応《ごた》えを味わえるだろう。吸血鬼的にそういうところは非常に魅力的だと感じる。

それに史郎はどうも体毛が薄い体質なのか、全身つるつるなのだ。この辺も吸血の時の口当たりに影響するのでこれまた吸血鬼的にポイントが高い。

おまけに普段から史郎からは美味《おい》しそうないい匂《にお》いがするのだが、今は服を脱いでいるせいかいつもより強く匂いを感じる。

ふとした拍子に吸血欲をそそるいい匂いが漂ってきて、ぐ～、とお腹が鳴る。

……何度か物陰に連れ込んで吸血したいという衝動に駆られたがなんとかこらえた。

あと……史郎がチラチラと、自分の身体を見ているのだ。

実はテトラの方も、史郎が自分のことを意識しているのに気づいていた。

そういう視線自体はよく感じる。自分の容姿やプロポーションが優れている自覚はそれなりにあるし、少し恥ずかしいけどそれだけだ。

……けれど史郎に意識されるのは、すごく恥ずかしくて……でもそれ以上に、史郎が自分を異性として意識してくれるのが嬉しいだなんて、感じてしまって……。

（み、見られて嬉しいってなんですか！　こ、これじゃあまるでテトラがエッチな子みたいじゃないですか！）

心の中で吠《ほ》えていると、向かい側から歩いてくるカップルが目に入った。

おそらく自分達と同年代。腕を組んでイチャイチャしていて、彼氏の方は可愛い彼女に胸を押しつけられてデレデレしている。

少しの間、史郎はそんなカップルを目で追っていた。

「…………」

自分があいうことをしたら、史郎はどんな反応をするだろう？　ついそんなことを想像してしまった。

チラリと、隣を歩く史郎の腕に視線をやる。

「…………」

自分は何でこんなことを考えてるんだろうと思う。

……けれど、史郎が自分に対して異性として魅力を感じてくれているのは明らかだ。

きっと自分が腕なんて組んだら、真っ赤になって慌てふためくに違いない。そんな史郎を見てみたい……そんな風に考えてしまった。

「…………」

そっと史郎の腕に腕を絡《から》ませる。期待通り、たちまち史郎の身体が緊張して力が入るのがわかった。

「テ、テトラさんっ⁉」

「勘違いしないでくださいね。以前にも言いましたが淑女が紳士にエスコートしてもらう時はこうするものなんです。こんなところではぐれたりしたら大変ですし」

頑張って『別にたいしたことはしてません』という風を装ってポーカーフェイスを保つ。

史郎はガッチガチに緊張している。……ちょっと楽しい。

「い、いやでも……」

「なんですか？　テトラと腕組むの、嫌なんですか？」

「そうじゃないけど！　テ、テトラさんの方こそ嫌じゃないの？」

「……嫌じゃないからしてるんです」

そう言って、ふよん、と史郎の腕に胸を当てる。史郎の身体がますます硬直した。

すっごく恥ずかしいのだけど、史郎が真っ赤になってオロオロしている姿が嬉しい。

史郎が自分のことを意識している。自分のことばかり考えている。

そう思うと、やめられない。

結局テトラはそのまま、浮き輪の貸し出しをやっている受付まで史郎と腕を組んだまま向かうのだった。

†

そんな二人の様子を、杉崎まいとメルは少し離れた物陰から見守っていた。

「おー、テトラちゃん意外と積極的……」

友人の思いのほか大胆なアタックに、見ているまいの方がドキドキしてしまっている。

「お嬢さま、あんなに大胆に攻めて大丈夫でしょうか……？」

まいの隣ではメルもハラハラした様子で二人の様子を見守っていた。もっとも、こちらは我が子の授業参観でもしているような様子だったが。

「大丈夫ですって、むしろ紅月くんってちょっと卑屈で受け身なところあるし、あれぐらいグイグイ行くぐらいがちょうどいいんですよ」

「そういうものなんでしょうか……？」

「そういうものなんです。いや〜、あんな二人を見られるなんてきて良かったな〜♪」

まいは楽しそうに言った。まさにまいが期待していた通りのイチャイチャだ。

お互い意識しあってるのは薄々感づいてるだろうに、そこから先に進めない初々《ういうい》しさと頑張って進もうとする不器用さがたまらない。見ていて微笑ましい限りだ。

ただ……。

「……いいなぁ」

まいはぽつりと呟いた。

目の前であんな幸せそうな青春っぷりを見せつけられると、やっぱり羨《うらや》ましいなんて感じてしまう。自分もあんな青春を経験してみたいと思う。

（けど、こればっかりは相手がいないからなぁ）

小さくため息をつく。……そんな時だった。

「ねーねーお姉さん達！　良かったら俺達《おれ》と一緒に遊ばない？」

そう声をかけてきたのは金髪で日焼けした大学生ぐらいの、いかにも遊び慣れていますという感じのチャラチャラした男×2だった。いわゆるナンパである。

（いや出会いは欲しいけどさぁ……絶対これじゃないじゃん）

まいは内心ため息をつきつつ、愛想《あいそ》笑いを浮かべる。

「あ〜、ごめんなさい。私たち他に連れがいるんで」

「じゃあさじゃあさ、その友達も一緒に遊ぼうよ。どこにいるの？」

「いやほんと、そういうナンパとか無理なんで……」

「そんなこと言わずにさ、一緒に遊んでみたら意外と楽しいかもしれないじゃん？」

「……ああもう、さっさとどっか行ってよしつこいなぁ」

楽しい気分を台無しにされて、つい本音がポロリと漏れてしまった。

チャラ男二人の眉間にしわが寄る。ヤバいと思った時にはもう遅くて、ガシッと手首を摑《つか》まれた。

「君さあ、可愛いからって調子乗ってない？」

「年上への態度がなってないね」

咄嗟にプールの監視員の方を見る。けれどちょうど監視員からこの場所は死角になっている。こちらに気づく気配はない。

（あーもう、最悪……！）

どうしようかと考えていたその時だ。ここまで無言だったメルがすっとまいとチャラ男達の間に立った。

その際にまいの手首を摑んでいた男の手首を摑んで、どういう原理かいとも簡単に引き剝《は》がしてしまった。

「失礼。……断りもなく女性に触れるのは紳士としていかがなものかと存じますが」

丁寧な口調の中に確かな怒りを感じて、思わずたじろぐ男たち。

だがすぐにその視線がメルの顔から身体へと移動し、ニヤニヤとした笑みを浮かべ始める。

そして……。

「うわー痛ーい」

男はメルに掴まれた手首を押さえてわざとらしい声を上げた。

「おい大丈夫か？」

「うわーやべー。これ折れてるかもしれんわー」

「おいおいお前吸血鬼だろー？　人間にこんなことしていいんですかー？」

「…………」

その言葉にメルの表情がわずかに歪《ゆが》んだ。

……チャラ男がそこまで考えて言っているのかはわからないが、メルの立場で人間とトラブルを起こすのはまずいというのは的を射ていた。

異世界からこちらの世界にやって来た吸血鬼は現在、全面的に日本政府からの支援に頼っている状態だ。万が一その支援が打ち切られれば吸血鬼の存亡にすら関《かか》わるだろう。

ここでこの男達と揉《も》めたところでそうなるとは思わない。

だがヴァルフレア家に仕えるメイドとして、メルはわずかでもヴァルフレア家の立場が悪くなる危険を冒すわけにはいかないのだ。

「……大変申し訳ございませんでした」

「ちょ、ちょっとメルさん⁉　こんなやつらに頭下げなくていいですって！」

慌てて頭を上げさせようとするまい。

一方、メルが頭を下げたことでチャラ男達はますます調子に乗った顔になる。

「いや～、そんな言葉だけじゃな～？」

「そーそー、誠意見せてもらわないと～」

「……どうすれば許していただけるのでしょうか？」

「そりゃあ、誠意を見せてもらわないとねぇ」

ニヤついた顔でメルの身体に視線を落とすチャラ男達に、メルは小さくため息をついた。

「わかりました。お二人とも、私がおまとめてお相手するということでいかがですか？」

「え、マジで？」

メルの申し出に、男達が色めき立つ。

「メルさん⁉　何言ってるんですか⁉」

慌ててまいも叫ぶ。そんなまいに『大丈夫です』と言うように一瞥《いちべつ》をくれると、メルは再び男達に視線を戻した。

「ただし……」

メルの顔から表情が消えた。……例えるなら、今まで羊の皮を被《かぶ》っていた狼《おおかみ》が正体を現したといったところか。

急に温度が下がったような悪寒《おかん》を感じて、へらへらしていた男達の笑みが消えた。

――異世界にいた頃、メルは幼いテトラと共に本家から離れて暮らしていた。

治安が最悪で、吸血鬼を狙《ねら》う人攫《ひとさら》いやハンターがいて、人間より巨大なモンスターが跋扈《ばっこ》するような環境で幼いテトラをたった一人で護《まも》りながら……である。

テトラが気づかぬうちにそういう危機に対処してきた回数は、両手両足の指を足しても到底足りない。

メルは男達に一歩近づくと、いきなり男二人の股間をわしづかみにした。

「「おふっ⁉」」

突然のことに変な声を上げて前屈《かが》みになる男達。そんな二人をゴミを見るような目で見下ろしてメルは口元だけ笑みを浮かべる。

「あらご立派。きっとこれでたくさんの女性を泣かせてきたのでしょうね」

本当に二人をなんとも思っていない、底冷えするような声だった。

「そうそう、ご覧の通り私は吸血鬼で、吸血鬼は人間の数倍の筋力があります。……激しくし過ぎてもげたり潰《つぶ》れたりしてしまっても、それは事故なので恨まないでくださいね」

その言葉を聞いた瞬間、二人は震えあがった。『この女はやる。絶対にやる』そう確信させるだけのすごみがあった。

「い、いや俺達は……」

「それでは行きましょうか。大丈夫、死なない程度に加減して差し上げますから」

「ひ、ひぃぃっ！」

チャラ男たちは一目散に逃げていく。

それを見送るとメルはそれまでの殺気を消し、まいの方に向き直ると申し訳なさそうに微笑んだ。

「お見苦しいところをお見せして失礼しました、杉崎様」

「い、いえ……」

あっけに取られてしまったまいに、メルは困ったような笑顔を浮かべる。

「こほん。いけませんね、先程の二人のせいでお嬢さまとシロー様を見失ってしまいました。行きましょう、杉崎様」

「は、はい」

まいは少し戸惑いつつもメルについて行く。

なんだかすごい経験をしてしまった気がする。

ああやって男の人に強引《ごういん》に誘われたのもそうだけど、吸血鬼のお姉さんにあんな風に護られるなんてまるで漫画みたいだ。

それに表の顔と裏の顔というか、一歩引いて優しげな笑顔を浮かべていたメルが一切《いっさい》の表

情を消してチャラ男二人を脅す姿は、なんだかそのギャップにグッときてしまって……。

（……え？　あれ？）

胸に手を当てると心臓の音が早くなっている。

「杉崎様？　どうかなさいましたか？」

「い、いえ！　何でもないです」

小走りでメルに追いついてその横顔を見る。……吸血鬼は美形揃《ぞろ》いと聞くけれど、女の自分から見ても本当に綺麗《きれい》な人だと思う。

肌も綺麗で、顔も小さくて、手足はすらりとしていて。それを見ていると、なんだかどんどん心臓の鼓動が速くなっていくような気がする。

（あ、あれー？）

思いがけない事態に若干戸惑いつつも、まいはメルと一緒に史郎とテトラを探すのだった。

†

浮き輪を借りてきた史郎とテトラは、プールにぷかぷか浮かんでいた。

水を掛け合ったりしてはしゃぐのも楽しいが、こうして身体の力を抜いてぷかぷか浮かんでいるだけというのもそれはそれで気持ちいい。

時間が遅くなるにつれ他の客も減ってきており、誰かにぶつかったりもしないので快適だ。

隣を見るとテトラも心地よさそうに夜空を見上げつつ水に揺られている。そんな表情を見ていると思わずドキリとした。

（……やっぱり綺麗だなぁ）

普段のテトラは元気で可愛らしい感じだけど、こうやってぼんやりと夜空を見上げている姿はどこか神秘的でとても絵になる。

あらためて『こんな綺麗な女の子とプールに来てるんだ』と意識してしまう。

「こっちの世界の星空、やっぱりテトラ達の世界とはずいぶん違うんですね……」

ぽそっとテトラが呟いた。史郎も同じように夜空を見上げると、今日は月が綺麗に見えた。

「月が綺麗だね……」

「……ふえっ⁉」

史郎が何気なく言った言葉にたちまちテトラは真っ赤になった。

「？　どうかしたのテトラさん？」

「い、いやあのその……ま、前に漫画で読んだんですがこの国で『月が綺麗』っていうのは……その……」

「？？？」

あうあうしているテトラに対して史郎は相変わらずきょとんとした顔をしている。

それでテトラも史郎が本当に意味を知らずに言ったのだと察したようで、不機嫌そうにぷうっと頬を膨らませた。

「なんで異世界人のテトラが知っててシローが知らないんですか……」

「えっと……なんかよくわからないけど、ごめん？」

「ふ、ふん。もういいです。シローの甲斐性なし」

ぷいっとそっぽを向いてしまうテトラ。

「……でも、まあ」

そう呟いてもう一度夜空を見上げる。

「これからも、ずっと一緒に月を見ていられたら、いいですね」

ほんのり頬を染めて、少し恥ずかしそうにそう言われて、何故だか胸が高鳴るのを感じた。

「……うん。そうだね」

頷《うなず》くことしかできなくて、テトラも頬を染めつつまたそっぽを向いてしまう。

それからしばらく、二人は無言のまま水の揺れに身を任せていたのだった。

「……そろそろ上がろっか？」

「そ、そうですね」

顔の火照りが消えるまで流れに任せていたらずいぶん時間が経《た》ってしまった。

もう手の指がふやけてしまってしわしわだ。流石《さすが》にそろそろ上がるべきだろう。

そう思った史郎は浮き輪を外して、ざぶざぶ水をかき分けてプールサイドに向かう。……だがふと後ろを見ると、テトラがついてきていないのだ。

「テトラさん？」

「シ、シロー。この浮き輪外れないんですけど」

「え？　普通に抜けられない？」

「ダメです。む……胸、引っかかって……」

恥ずかしそうに言うテトラに史郎もたちまち赤面する。

だが見てみると、確かに浮き輪がテトラの大きな胸に引っかかって抜けなくなっているのだ。

しかも浮き輪で浮いているためテトラはプールの底に足がついていない。これでは上に抜けるのも難しいだろう。

「ええっと……わざとバランスを崩してひっくり返れば……」

「む、無理です！　そんなの溺れちゃったらどうするんですか！」

さっきまったく泳げなかったのが軽くトラウマになってしまったのか、テトラはぶんぶん首を振って断固拒否する。

「も、もう構いませんから引っ張って抜いてください！　多少痛いのは我慢しますから！」

「う、うんわかった」

テトラの言葉に従って史郎は浮き輪を摑み上に引っ張る。……その際、テトラの豊満なおっぱいが引っかかって、なんとも目のやり場に困る状態になってしまった。

とはいえここでやめるわけにもいかない。史郎は視線をそらせつつ早く終わらせようと力を込める。

そしてスポン、と浮き輪は取れた。

勢い余って体勢を崩した史郎は後ろに倒れ込んでしまった。そんな史郎の腕を摑み、テトラが助け起こしてくれる。

「シロー、大丈夫ですか？」

「こほっ、うん大丈夫。ありがとうテトラ……さ……」

史郎の言葉が止まった。

ぷるんと揺れる大きくて、それでいて形のいい、大好きな女の子の胸。

本来なら水着や服に隠されているべきそれが、見たいと思っても決して見てはいけないはずのそれが、全部見えてしまっている。

「――――ッッッ⁉︎⁉︎⁉︎」

先程、無理やり浮き輪を引っこ抜いたせいで、テトラの水着がめくれ上がってしまったのだ。

普通の男子高校生であれば思わず見とれてしまったり、あるいは咄嗟に目をそらしたりとい

うような反応をするだろう。

だが史郎の反応はそのいずれでもなかった。

――走馬灯というものがある。死の危機に瀕《ひん》した瞬間、時間がゆっくりに感じるというあれだ。

一説によれば、目の前の危険から脱出するため、脳の思考速度が瞬間的に加速するのが原因だという。

『このままではテトラさんの恥ずかしい姿が周りの人に見られてしまう』大好きな女の子の危機に、史郎の思考速度は瞬間的にその域にまで達した。

まずは感覚を広げ周囲からの視線……特に男性のものが向いていないかを一瞬で把握した。

大自然の中で育ち、マタギの曾祖父《そうそふ》の狩りに同行することも多かった史郎にはそれが可能だった。

幸いにも今この瞬間、周囲の男性客でテトラを見ている者はいない。

だが数秒後には何人かの視線がこちらに向く。周りの気配からまるで未来予知のようにそれを察知する。

……テトラはまだ自分の身に何が起きたか把握していない。キョトンとした顔で史郎を見ている。

今から水着がめくれ上がっていることを指摘して、それにテトラが気づいて隠す……というのではあまりにも遅い。確実に周りの男性の何人かにテトラの恥ずかしい姿を目撃されてしまう。

……大好きな女の子の胸が、他の男の人に見られてしまう。

想像しただけで脳が破壊されてしまいそうな危機的状況に、史郎の身体はほとんど自動的に動いてしまっていた。

「う、うわあああああっ！」

「…………ほえ？」

両手を前に突き出す。ふよん、と柔らかくて弾力のある感触が手のひらに伝わる。

テトラが間の抜けた声を出して自分の胸を見下ろす。そこには、自分の胸を両手で思いっきりわしづかみしている史郎の手があった。

——史郎の出した結論。それは自分の手でテトラの胸を隠すというものだった。……しかしその代償は大きかった。

「あ……あ……きゃあああああああっ⁉」

そうして史郎は、フルスイングされたテトラの平手打ちをもろに喰《く》らったのだった。

七話　メルの暴走

「テトラさん本当にごめんなさい……」

「…………」

あの後はもういい時間だったのと、一緒にプールという感じでもなかったので各々《おのおの》帰宅した。

……屋敷に戻ってからもテトラの機嫌は直らなかった。

ベッドに腰掛けてぶっすーと頬《ほお》を膨らませたままそっぽを向いている。恥ずかしいのかまだ顔が赤くて微妙に涙目だ。

そんなテトラの前で土下座して謝り続ける史郎《しろう》と、その様子を苦笑いしつつ見守るメルである。

「お嬢さま？　そろそろ許してあげたらいかがですか？　シロー様も邪《よこしま》な気持ちがあった訳ではなく、あくまでもお嬢さまのためだったみたいですし」

「…………」

「えっと……そ、そうだ。今日の吸血まだだけど、する？　お詫《わ》びにいつもよりいっぱい吸ってくれても平気だから」

「…………」

反応なし。完全にへそを曲げている。

史郎とメルは軽くアイコンタクトを取り、今は何を言っても駄目そうだと部屋を後にする。

部屋を出ると史郎と顔を見合わせ、メルはため息をついた。

「持久戦ですね。ああなるとお嬢さまは長いので」

「その……本当すいません。僕がテトラさんにあんなこと……」

思い出してしまって顔を赤くする史郎にメルはくすりと微笑《ほほえ》む。

「まあお嬢さまも心底から怒ってる訳ではないでしょうし、時間が解決してくれますよ。……次回の吸血の時は覚悟した方がいいかもですが」

「はい……」

「それでは私《わたくし》はこれで。まだやり残している仕事がありますので」

「仕事って……今から仕事するんですか？」

吸血鬼《きゅうけつき》が本来夜に活動するというのは知っているが、メルは史郎達に合わせた生活習慣を送っている。いったいいつ眠っているのだろうか。

「あの……身体とか、大丈夫なんですか？」

「大丈夫ですよ。体力には自信がありますので」

そう言うとメルは一礼して部屋の方に去って行く。……ただその身体が少しふらついて見えて、史郎はその背中を心配そうに見送った。

†

（……シロー様にはああ言ったものの、少々無理をしすぎたかもしれませんね）

メルは自室に戻るとベッドに腰掛け、血に薬草を煎じたものをカップにいれて飲んでいた。

吸血鬼の肉体は人間のものより遙《はる》かに頑強だが、それでもずっしりと疲労が蓄積しているのを感じる。

元々メルは多忙だ。

テトラと史郎の世話はもちろん、この広い屋敷の管理を一人でやっているし、本家への報告や事務作業などやらなければならないことが山ほどある。

おまけに今日はプールに行く時間を捻出するためにかなり無理をしてしまった。

（せめてもう少し良質な血が飲めるといいんですが……）

メルが飲んでいるのは日本政府から提供されたものなのだが……正直言って質がいいとはお世辞にも言えない。

こうやって血を提供してもらえるだけでもありがたいのは間違いないのだが、吸血鬼にとって良質な血は活力そのもの。

特にメルのように毎日激務をこなす身としては、やっぱりもっと質のいい血が飲みたいというのが本音だ。

……ふと、史郎のことを思い浮かべてしまった。

史郎からはいつもとても美味《おい》しそうな匂《にお》いがする。

テトラはいつも、彼の血は極上だと言っている。

いったいどんな味がするのだろう？

カップを持ったまま、ぼんやりとそんなことを考えてしまっている自分に気づいて、メルはすぐにその思考を中断する。

他の吸血鬼が持っている人間に手を出すのはタブーだし、史郎はテトラのお気に入り、いわば主《あるじ》の所有物だ。

それを欲しいと思うなどメイドとしてあってはならない。

手に持っていたカップをテーブルに戻そうとして……手を滑らせた。カシャンと音を立てて割れてしまい、中身が飛び散ってしまう。

「……やっぱり相当疲れてますね」

ため息をついて破片を掃除しようとしたその時だ。コンコン、とドアをノックする音が聞こえた。

「僕ですけど、入っていいですか？」

「シロー様？　はい、どうぞ」

入ってきた史郎は、床に散らばったカップの破片を見て心配そうに顔をしかめる。

「シロー様。何かご用でしょうか？」

「あ、いえ、メルさん疲れてそうだったから心配で。それに部屋の近くを通りかかった時何か割れる音がしましたし……」

メルは反射的に『大丈夫です』と言おうとして言葉を止めた。床に散らばるカップの前では言い訳できないだろう。

「……そうですね。ちょっと今日は頑張りすぎました」

「あの、破片の掃除。僕がやりますね。メルさんは座っててください」

そう言って部屋に入って破片の掃除をしようとする史郎に、メルは少し慌てた。

「いけません。危ないですから私が……」

「いや危ないからこそ僕が……あ痛」

話すのに気を取られたのか、史郎がカップの破片で指先を突いてしまった。針で突いた程度の小さな傷から、じわりと血が滲《にじ》み出す。

「大丈夫ですか？　すぐに手当を……」

「い、いや大丈夫です。これくらい舐《な》めておけばすぐ直りますから」

「しかし……」

その時だった。

史郎の血から、すごく美味しそうな匂いがした。

ズグン、と心臓が変に脈打つのを感じた。

動悸《どうき》が激しくなり、意識が朦朧《もうろう》としてくるのを感じる。

「そう……ですね……。舐めておけば……治りますよね……」

「メルさん？」

キョトンとした史郎の声がなんだか遠く感じる。


——吸血衝動《きゅうけつしょうどう》。

以前にもテトラが発症した、吸血したいという欲求が我慢できない程に強くなってしまう症状。それにはいくつか発症条件がある。

普段から吸血しているパートナーがいること。

そのパートナーからの吸血を何日か控えていること。

相手に対して性的欲求を抱いていること。

メルはいずれも当てはまらない。

だが、史郎の血があまりにも上質だったことに加えて。

いつも目の前に極上の血を持った人間がいるのに吸血できない日頃からの欲求不満。

無理をしたことによる疲労の蓄積。

史郎に対して好感を持っていたこと。

それらが重なってしまい、メルは近い症状を発症してしまっていた。

メルはそっと指先から血が滲んだ史郎の手を取る。とろんとした目でそれを見つめると、そのままパクリと口に含んだ。

「え？　あ、あの……？」

困惑する史郎には構わず、そのままちろりと史郎の指先を舐めた。

「ん……」

舌に触れる血はほんの少量。でもその美味しさは想像の遥か上で、残っていた理性を溶かすのに十分なものだった。

「ん……ちゅぅ……」

舌先で傷口を舐め取るたびになんとも言えない幸福感に包まれる。

でも全然足りない。

傷口が小さいから少しずつしか飲めない。

それがまるで、おあずけでもされてるみたいで、もっともっと欲しくなる。

少し視線を上げると、目の前には真《ま》っ赤《か》になってあわあわしている史郎の姿があった。

（かわいい……）

年下の、優しくて可愛《かわい》くて、とっても血が美味しい男の子。

食べちゃいたいなと、ぼんやりした頭でそんなことを考えてしまった。

†

「う……」

史郎は顔を真っ赤にしたまま何も言えなくなってしまっていた。

普段は頼りになる大人のお姉さんであるメルが、とろんとした顔で自分の指を美味しそうにしゃぶっている。

しかもなぜか指を咥《くわ》えながら、時折上目遣《うわめづか》いでこちらの様子をうかがってくるのだ。

その視線についドキドキしてしまって、そんな自分を必死に戒《いまし》める。

そうしている間にも、メルは指に舌を絡《から》めてくる。

ぬるりと唾液にまみれた舌が指を這《は》い、史郎の身体をゾワゾワとした感覚が駆け巡った。

（ど……どうしよう……？）

なんとなくやめさせた方がいいとも思ったのだが、こんな状態のメルにどう言えばいいのかわからないし、何よりその艶《つや》めかしさに見とれてしまって動けない。

メルはちゅぷりと音を立てながら、史郎の指から唇を離した。

唾液にまみれた指とメルの唇が透明な糸で繋《つな》がっていて、それが重力に引かれてぷつりと切れる。

そんな光景を見てますます心臓の鼓動が早くなってしまうのを感じる。

「しろー様……」

とろんとした目でメルが上目遣いにこちらを見てくる。

普段の凛《りん》と澄ました雰囲気は陰を潜めて、今はとろんとした顔で頬を上気させている。そのギャップに頭がクラクラする。

「血を……いただいても、いいですか……?」

「え?」

「私……もう、我慢できなくて……しろー様の……欲しいです……」

史郎は迷った。

メルに吸血させてあげるというのは、なんだか後ろめたいというか、テトラに対して申し訳ない気がする。

でも一方で、メルも史郎にとってもはや大切な家族の一員だ。

そのメルがもう本当に限界というような表情で自分に助けを求めている。それにメルをここまで疲弊させてしまった原因は自分にもあるのだ。

それらを天秤《てんびん》にかけて、『これでメルさんが元気になってくれるなら』と、史郎は小さく頷《うなず》く。

「………ちょっと、だけなら」

——その言葉で、メルが最後にかろうじて残していた理性の糸が完全に切れてしまった。

「うわっ⁉」

いきなり押し倒されて仰向《あおむ》けに倒れ込む史郎の上に、馬乗りになる形でメルが覆《おお》い被《かぶ》さってきた。

両手首をがっちりと押さえ込まれると完全に身動きが取れなくなってしまう。そんな史郎を、メルは息を荒くしながら見下ろしていた。

「あ……あの、メルさん？」

「……」

メルは史郎の問いかけに答えず、そのままゆっくりと顔を近づけてくる。

熱い吐息を感じて背筋がゾクゾクする。甘い匂いと柔らかさに頭がクラクラする。

ちろりと、メルの濡れた舌が首筋を撫《な》でる感触があった。

「うあ……っ」

こらえきれず、史郎の口からかすかな声が上がる。

メルは史郎のそんな反応を確かめながら、そのまま首筋をチロチロと舐め続ける。

「ん……れろ……ちゅ……」

「あ……あの、メルさん。くすぐったいです……」

震える声でそう言う史郎。

だがその様子から、快感を感じてしまっているのは明らかだ。

そんな史郎の様子にメルはますます息を荒くしながら首筋に愛撫《あいぶ》を続ける。

「あ……くっ」

弱い部分を舌でなぞられて、つい口から声が漏れてしまう。

そんな史郎の反応に、メルが嬉《うれ》しそうに笑う気配がした。

そしてまた舌を這わせてくる。

毎日テトラに舐められ、すっかり敏感になってしまった部分を舐め上げられて、ゾクゾクする感覚に襲われる。

「ちょ……ちょっと待っ……」

止めようとしたけど、メルは止まらない。吸血鬼の圧倒的な力で押さえつけられ、身動き一つできない。

「はぁ……はぁ……じゃあ……そろそろ、いただきますね……？」

メルの熱い呼吸が肌に当たる。メルもそれだけ興奮してるのだと思うと、なんだかたまらない気持ちになってしまう。

「いただき、ます」

メルが耳元でそう言ったのが聞こえた次の瞬間、鋭い痛みが走った。

「いっ……!」

皮膚を貫く牙《きば》の感触。でも痛いのは一瞬で、たちまち吸血される快感に上書きされる。

「ちゅぅ……んっ……んっ……」

メルは夢中で、史郎の血を飲んでいる。

……あのメルが、こんなに夢中になって自分を求めている。

テトラ以外の女の人に吸血されているという背徳感と、吸血されることによる快感が混じり合って頭が痺《しび》れたような錯覚に陥《おちい》る。

「……ぷはっ」

メルが口を離した。はぁ、はぁ、という熱い息が耳にかかってぞわぞわする。

「ほんとうに、おいしい……。おじょうさま、まいにちこんなにおいしいの、のんでるんですね……」

一気に飲んだせいか、メルの声はすでにトロトロになっていた。

うっとりとした表情でまた史郎の首筋に唇を寄せ、溢《あふ》れてきた血を舌先で舐め取る。

「くう……っ」

敏感な部分を舌で愛撫され、史郎はまた声を上げてしまった。

チロチロと小刻みに舐められたり、ちゅっ、ちゅっと音を立てて吸い付かれるたびに背筋を甘い感覚が駆け上がってくる。

それがあまりに気持ちよくて、官能的で……つい、下半身が反応してしまった。

「〜〜〜っ。あ、あの！　は、離れてください！」

「ん……どうしたんですか急に……あら」

史郎に覆い被さっていたメルは、自分のお腹《なか》に当たる固い感触に気づいてしまった。

「ご、ごめんなさい！」

恥ずかしさのあまり顔を真っ赤にしてしまう史郎。そんな史郎にメルはくすりと、妖艶《ようえん》に微笑んだ。

「謝らなくてもいいんですよ？　男の子ですもの、こうやって女性とくっついていたら元気になってしまうのも仕方ありません」

「ほ、ホントにごめんなさい……。あの……は、恥ずかしいから、早くどいてもらえると……」

恥ずかしそうにもごもごとそんなことを言う史郎。

そうやって恥ずかしがる姿がなんとも可愛らしくて、メルはちろりと舌舐めずりした。

「別に恥ずかしがらなくても大丈夫ですよ。私も人間と比べると長生きしているので、それなりにそういう経験はしていますから。それに……」

メルは史郎の下半身に手を伸ばし、元気になってしまった部分をそっとズボン越しに撫で上げた。

「ぅあっ⁉」

いきなり敏感な部分に触れられて思わず声を上げてしまう。そんな史郎を、メルはくすくす笑いながら見つめる。

「しろー様だって、女性にこういうことしてもらえたら、うれしいですよね……？」

メルはそのまま優しく撫で続ける。布越しとはいえ、他人……それも女の人にそんなところを触られるのは初めてだ。

「う……くぅ……！」

メルの手が動くたびにビクンと腰が動いてしまう。布越しに軽く撫でられているだけなのに身体が熱く火照《ほて》ってたまらない気持ちになってしまう。

「ま、まってメルさんまって……」

「ふふ、しろー様はおかわいいですね」

史郎の姿を見ているうちに、徐々にメルの息も荒くなっていく。とろんと、熱に浮かされたような表情で、メルは熱い吐息を漏らした。

「ねえ、しろー様？」

手を動かしたまま、メルはそっと史郎の耳元に唇を寄せる。

「こんなに元気になって……毎日おじょうさまに吸血されて、たまってらっしゃるんじゃないですか？」

「た、たまっ⁉」

「しろー様も男の子ですもの、女の人の身体……興味ありますよね？」

そう言ってメルは片手でスカートをつまむと、ゆっくりとたくし上げていく。

ストッキングに包まれた白く長い脚が徐々に露《あら》わになっていき、太ももの付け根近くまで来たところで動きが止まった。

下着が見えそうで見えないギリギリの位置で止められ、史郎はゴクリと生唾を飲み込んでしまう。

「うふふ、そんなに熱心に見つめられると恥ずかしいですよ」

メルの声に我に返って史郎は慌てて目をそらした。

「だ、駄目ですってメルさん⁉　そ、そういうの！　よくないです！」

「でも、しろー様さっきからますます元気になってしまっていますよ？」

「……～～～～っ」

もはや恥ずかしすぎて涙目になっている史郎に、メルはくすっと笑うとさらに追い打ちをかけてくる。

「ねえ……しろー様……？　私もずいぶん長くご無沙汰なので、人肌が恋しい日もあるんですよ？」

そう言いながら、メルは史郎に馬乗りに跨《また》がる姿勢になった。

スカートに隠れて見えないが、元気になってしまっている部分とメルの大事な部分が服越しに密着している。

じんわりと、メルの熱さが伝わってくる。

それだけでもまずかったのに、さらにメルはそのままスリスリと、腰を前後に動かし始めたのだ。

服越しとはいえすべすべした肌触りの良いストッキングでこすられて、史郎はあっという間に追い詰められてしまう。

「う……あ……！」

「んっ……ふふ、気持ちいいですか？」

「メ、メルさんだめ……あぐっ！」

もはやまったく余裕がない史郎を、メルはとろんとした目で見下ろす。

「いいんですよしろー様？　我慢しないで……気持ちよくなってくれても……」

「だ、だめです！　……それは……だめ……！」

目に涙をためて必死に歯を食いしばりながら、首を横にぶんぶん振る史郎。だがそんな姿が逆にメルの嗜虐心《しぎゃくしん》を刺激していた。

このまま最後まで美味しくいただいてしまおうか。そんな考えがメルの脳裏をよぎった……

その時だった。

「二人とも……なに、してるですか……？」

冷たい声が聞こえて、さっきまで火照って仕方なかった身体が氷水でもかけられたかのように一瞬で冷えた。

部屋の入り口の方を見ると、呆然《ぼうぜん》としたテトラが立ち尽くしていた。

テトラは目の前の光景が信じられないようで、目を大きく見開いたまま硬直している。

「テトラさん⁉」

「お、お嬢さま⁉」

それでメルも正気に戻って、自分の今の状況を客観的に見ることができた。

……誰《だれ》がどう見ても、メイドが主の思い人をＮＴＲしてる現場そのものである。

「ち、違うんです！　これは……」

「……何が、違うんですか？　二人は、何をしてたんですか？」

「こ、これはその！　えっとですね！」

今回ばかりは、普段ちょっとやそっとのことでは動じないメルも本気で焦《あせ》っていた。

というよりメル自身『私今シロー様に何しようとしてたんですか⁉』と若干《じゃっかん》パニック気味である。こんな状況でまともな言い訳が思いつくわけがない。

そしてそうやって答えに窮していると、それだけ後ろめたいことがあるのだと思わせてしまう。

テトラの目にどんどん涙が溜《た》まっていき……決壊した。

「うわあああああああん!!　シローとメルのばかあああああああっっっ!!！」

「お、お嬢さまーーーっ!?」

そうしてテトラは、屋敷を飛び出して行ってしまったのだった。

八話　テトラとお風呂で…………

「ぐすん……ひっく……ひっく……」

「あ〜……テトラちゃん、元気出して？　ほら、勘違いってわかったことだし……」

とある二十四時間営業のファミリーレストラン。そこでテトラはまいに慰められていた。

テーブルに置かれたまいのスマホには、さっきからひっきりなしにテトラへの謝罪やら経緯の説明などが届き続けている。


屋敷を飛び出したテトラはしばらく走った後、道端に座り込んで泣いていた。

そんなテトラを、史郎《しろう》から連絡を受けて探していたまいが発見、保護し、迎えが来るまでファミリーレストランで過ごそうとなって今に至る。

もう高校生が一人で出歩いていたら補導されるような時間だが、そのおかげもあって人はまばらだ。

泣きじゃくっているテトラにチラチラ視線を送る者もいるが、まいが威嚇するように睨《にら》むとそれらの視線も消えた。

テトラの背中を撫《な》でながらまいはこっそりため息をつきつつスマホを見る。

テトラはほとんど話にならないが、史郎達とやり取りしてだいたいの状況は理解した。

史郎の血はすごく美味《おい》しくて、吸血鬼《きゅうけつき》が飲むと酔っ払ってしまうらしい。

そして史郎の血を飲んだメルが酔っ払って史郎を押し倒して、それを見たテトラが二人がエッチなことしてると思ってショックで屋敷を飛び出したと、まとめるとこんなところか。

……史郎達が同居してることとか、史郎の血のこととか、いろいろと衝撃の新事実を知らされて『なにそのエロゲみたいなやつ』と頭の片隅で思いはしたが、そこは心の中にしまっておくことにした。

「ほら、二人ともいっぱい謝ってるし、許してあげよう？　ね？」

まいがそう声をかけるとテトラはこくんと小さく頷《うなず》く。

テトラ的にもメルが史郎の血を飲んで酔っ払った結果、史郎を襲ってしまったということは仕方がないことらしい。

……『それで納得させちゃう紅月《あかつき》くんの血ってなんなの？』と思いはしたがそれも心の中にしまっておくことにした。

だがテトラは一向に泣きやまない。

ようやく落ち着いてきたかと思ったらその時の光景を思い出したのかまたぽろぽろ泣いて、そんなテトラを慰めて……そんなことをもう何度も繰り返している。

「よしよし。ほら、お姉ちゃんの胸で泣いていいよ～？」

冗談めかしてそんなことを言ったら本当に胸に顔を埋めてきた。……小動物っぽくて、ちょっとキュンときた。

「よしよし。……テトラちゃんは、何がそんなに嫌なのかな？」

頭を撫でながらそう聞くと、テトラは鼻をすすりながら途切れ途切れに返事する。

「……わかん、ないです」

「わからない？」

「メルが……ぐすっ、シローを押し倒したのは、仕方ないことだって思います」

（いやだから、それが仕方ないですんじゃう紅月くんの血ってなんなの？）

あらためて思ったが言葉には出さないでおいた。

「メルが疲れてるのに気が回らなかったテトラも、悪いですし……疲れてるからシローの血を飲みたいって思ったメルも、飲ませてあげたシローも責められませんし……」

「うんうん、それで？」

「でも！　メルとシローが……エ、エッチなことしてたって思うと、すっごく嫌で！　あの時、二人を見て……頭、真っ白になって、それで……」

テトラにとってメルは母親や姉のように慕っている家族で、史郎は大好きな男の子だ。

そんな二人がそういうことをしていると思ってパニックになってしまったのだろう。まいはそう分析し、小さくため息をついた。

「そっか。よしよし、びっくりしたよね」

「うう〜……」

そうやってしばらく泣かせてあげて、ようやく落ち着いてきた。

テトラは鼻をすんすん鳴らしつつ、少し恥ずかしそうに目を伏せる。

「………お世話かけました」

「いいのいいの友達なんだし。私、頼られるのは嫌いじゃないし」

「……でもシロ―だってひどいと思いません⁉　テトラがいるのに、無断で他の吸血鬼に血を吸わせるなんて……」

まだ腹に据えかねているらしいテトラにまいは苦笑いする。

そして小さくため息をつくと、ずっと思っていたことを口に出した。

「でも、テトラちゃんと紅月くんって、立場的にはあくまでも仲がいいお友達で、恋人でも何でもないんでしょ？　それで紅月くんが他の女の人といちゃいちゃしてたからって怒るのは、ちょっと理不尽《りふじん》じゃない？」

「……へ？」

予想外のまいの言葉にテトラが顔を上げる。

テトラの言うことに同意して優しい言葉をかけてあげることもできたが、ここはあえて厳しめに行くことにした。

「で、でも！　史郎はテトラの……」

「そもそもさ、テトラちゃんもうとっくに紅月くんの気持ち気づいてるよね？　完全に両思いだってわかってるよね？」

「……ふえっ⁉」

ストレートに言われてテトラは変な声を上げた。顔を真《ま》っ赤《か》にしつつまいから離れワタワタし出す。

「か、勘違いしないでください！　テ、テトラは史郎のことなんて全然……」

「そう！　それが駄目なの！」

ビシィッとまいが指摘する。

「いやね？　私もテトラちゃんのツンデレ可愛《かわい》いと思うよ？　ツンデレいいよね。王の道と書いて王道だよね。……でもね、紅月くんは鈍感なの。鈍感で唐変木《とうへんぼく》で朴念仁《ぼくねんじん》の甲斐性《かいしょう》なしなの」

「そこまで言わなくても……」

「とにかく！　いい、テトラちゃん？　そんな紅月くんに『あなたのことなんて全然好きじゃないんだからね』なんて言ってたら言葉通りに受け取っちゃうの！　察してほしいは甘えなの！　そうやってツンデレムーブしてた幼馴染《おさななじ》みヒロインが横から出てきた転校生ヒロインとかに主人公かっさらわれて泣く展開とか私好きじゃないからね！　それで何度漫画を床に叩《たた》きつけたと思ってるの！」

「なんか途中から話の趣旨変わってません⁉」

ヒートアップしてまくし立てるまいに思わずつっこむテトラ。

まいはハァハァと荒く息をしながら水を飲み、コップをダン！　とテーブルに置いた。

「……ごほん。ともかくね？　テトラちゃんはもっと素直に、積極的に気持ちを伝えていくべきだと思うわけよ」

「そ、そんなの恥ずかしいじゃないですか！　そ、そもそも今回のは事故みたいなものですしそんなに急がなくても……」

ここまできてまだそんなことを言ってるテトラに、まいはため息をつく。

「……テトラちゃん。その事故は、これで最後なのかな？」

「え……？」

「今回の件は事故なんだよね？　……その事故は、今後絶対起きないって言い切れるのかな？」

それでテトラも思い至ってしまう。

史郎の血は吸血鬼にとって垂涎《すいぜん》ものだ。他人が飼っている人間に手を出すのは吸血鬼にとってタブーだが、史郎にはそのタブーを犯すだけの価値がある。

なにせあのメルですら誘惑に抗《あらが》えず手を出してしまったのだ。もしも史郎のことが広まれば、吸血してみたいという吸血鬼もたくさん出てくるだろう。

……吸血鬼は美形が多い。

そんな美女や美少女に迫られて、はたして史郎は自分を選んでくれるだろうか？

「さらに言うと紅月くん、うちのクラスでの女子人気、めちゃくちゃ高いよ？」

「……そうなんですか⁉」

「うん。まあそりゃそうだよね。最初の方は女子がドラマの話で盛り上がってるところに時代劇の話で突撃してきて引かれてたけど、最近は馴染《なじ》んできて普通に話せるし、明るくて優しいし、擦《す》れてないとこ可愛いし。私が『紅月くんは付き合ってる子がいる』って噂《うわさ》流しといたからしばらくは大丈夫だと思うけど、本気で狙《ねら》ってくる子は絶対そのうち出てくるよ？」

「…………！」

史郎が女の子に人気というのはちょっぴり鼻が高くもあったが、そんなことを言っている場合ではない。

史郎はあれだけ優しくて可愛くてかっこいい（テトラ視点）のだ。いずれ絶対本気で狙ってくる者が出てくる。

そして今は夏休みなのでいつも一緒にいられるが、学校が始まったらそういうわけにもいかない。

つまり学校で史郎にアプローチをかけてくるような不届き者がいたとしても、テトラにそれを止める術《すべ》はないのだ。

つい、そういう展開を想像してしまう。

『ごめんテトラさん……僕、他に好きな人ができたんだ……』

『そ、そんな！　嫌ですシロー！』

『それでその子が、テトラさんに血を吸わせるのは駄目って言うから……お別れしようね』

『待ってください！　シロー！　シローーーッ!!』


こうしてあらためて考えてみて、自分の立場の危うさをテトラは実感した。

「……どうすれば、いいんですか？」

「だからもう素直になっちゃえばいいんだって。なんならストレートに『好きです』って伝えちゃえばもう勝ち確なんだから」

「それは……だめです」

「も～、この期《ご》に及んでまだそんなこと言って～」

「だ、だって……！」

そう言って、テトラは顔を真っ赤にしながら両手の人差し指をツンツンする。

「そ、そういうのは……男の子の方から、言ってほしいです……」

その姿があまりにいじらしくて、まいは「うぐっ」と二の句を継げなくなってしまった。

「……こほん。じゃあ行動で示してみるのはどうかな？」

「行動……ですか？」

「うん。『私はあなたのことが好きです』っていうのを行動でアピールするの。手を繋《つな》いだりとか、腕を組んだりとか……なんなら一緒にお風呂入っちゃうとか」

「な、ななな何言ってるんですか⁉　一緒にお風呂なんてそんな……」

「まあ一緒にお風呂は冗談として、それぐらいの気概で行けってこと。大丈夫、紅月くんは何しても絶対喜んでくれるから！」

「……喜んで、くれますか？」

「そりゃあもう、好きな子が自分のために頑張ってくれてグッとこない人なんていないんだから！」

「……一緒にお風呂、入っても……喜んでくれますか……？」

史郎と一緒にお風呂なんて、恥ずかしすぎて死んじゃうかもしれない。

でもそれ以上に……史郎を他の人に取られたくない。そんなの嫌だ。絶対に嫌だ。

そうやって頑張れば、史郎にアピールできるというのなら……。

「ん？　あれ？　おーいテトラちゃん？　お風呂は流石《さすが》に冗談で言ったんだけど……？」

それから程なくして史郎とメルが迎えに来た。

二人とも平謝りで、特にメルなんて土下座しようとするほどだった。

テトラはそれを許した。

その代わり、まいを家まで送っていくようにと命じた。もう遅いし、ちゃんと家まで無事に送り届けるようにと。

そうして史郎とテトラは帰路につく。お互い、口数は少なかった。

史郎はいろいろと気まずそうで、一方のテトラはこの後のことを想像してバクバクと心臓を高鳴らせていてほとんど喋《しゃべ》らない。

まいにはなるべくメルを足止めしておいてくれと言ってある。

つまり、しばらくの間屋敷で史郎と自分の二人だけだ。

その隙にテトラは、とある計画を実行しようとしていた。

†

「ふう……」

思わず漏《も》らした声がお風呂場に反響する。

屋敷に帰った史郎は、お風呂に入っていた。

プールから帰った後はテトラに謝ってメルに襲われてテトラを探し回ってといろいろとバタバタしてしまったので、まだ入っていなかったのだ。

(今日は……ホントにいろいろあったなぁ)

天井《てんじょう》を見上げながらだらんと力を抜く。

屋敷のお風呂はちょっとした温泉施設並に広くて大きい。一人で入るには持て余すほどだ。

それにお湯は温泉の素《もと》でも入れているのか、真っ白な濁り湯だ。こうして入ってるだけで疲れが溶け出していくような気さえする。

そうやってぼんやりしていると……つい、いろいろと思い出してしまう。

テトラ達の水着姿や、テトラのおっぱい。それにメルに押し倒された時のこと。

(ホントに……いろいろあったなぁ……)

少々悶々《もんもん》としてしまいながらお湯の中で膝《ひざ》を抱えて、お湯をぷくぷくする。

だが、史郎はまだ知らない。

本番はむしろ、ここからなのだと。

カラカラと背後……脱衣所の扉が開く音が聞こえた。

「……へ？」

ぺた、ぺた、と。裸足《はだし》でお風呂場の床を踏む音が聞こえる。

その足音と気配で誰が入ってきたのかを察してしまって、史郎は完全に硬直してしまった。

後ろで、シャワーを浴びる音が聞こえる。

少しするとキュッとシャワーを止める音がして、またぺた、ぺたと足音が近づいてくる。

史郎のすぐ隣に白い足が伸びてきて、史郎は慌てて視線をそらした。

視界の端で小柄な人影が腰を下ろすのに合わせて、二人分の体積に押されてざばーとお湯が流れ落ちる。

心臓がバクバクして痛い。

「……いいですよ」

少し上擦《うわず》った、テトラの声がした。

「こっち向いて、いいですよ」

「う、うん」

震える声でそう言って、史郎は恐る恐るといった様子でそちらに視線を向ける。

かくしてそこには、生まれたままの姿の、テトラがいた。

お湯の浮力でぷかっと浮かびそうになる胸を抱いて縮こまっている。

幸か不幸か、濁り湯なので水面より下は見えない。

けれど滑らかな濡《ぬ》れた肌、柔らかな線を描く肩や鎖骨、それにその豊満な胸の上半分はしっかりと見えている。もうそれだけで興奮し過ぎて卒倒しそうだ。

綺麗《きれい》、可愛い、えっちい。そんなワードが頭の中を駆け巡って、つい生唾を飲み込んだ。

「み、見過ぎです！　シローの変態！」

「ごめんなさい⁉」

史郎は慌てて正面を向いた。だがもう、テトラの姿が脳裏に焼き付いてしまっている。

大好きな女の子が、裸で、一緒にお湯に浸《つ》かっている。

心臓が破裂しそうで、頭がクラクラする。

チラリと様子をうかがうとテトラの顔も真っ赤でちょっぴり涙目で、恥ずかしいのを我慢しているのがよくわかった。

「か、勘違いしないでくださいね！　テトラは吸血鬼ですから別に人間に見られたってどうってことないんです！　だ、だから別にこれっぽっちも恥ずかしくなんてないんですからね！」

口ではそう言っているが、まるで説得力がない。

けれど、明らかに恥ずかしくて仕方ないという様子なのに、テトラは離れようとしない。

「……」

「……」

バクバクと高鳴る心臓の音を聞きながら、時間が流れていく。

「あ、あの……なんで？」

ようやくそんな言葉を絞り出す。

「……この前読んだ漫画で、喧嘩《けんか》した二人が一緒にお風呂に入ったらすぐに仲直りできたってのが、ありましたから……」

「だ、だからって流石にこれは……」

「な、なんですか？　テトラと一緒にお風呂入るの、嫌なんですか？」

「そんなことないよ！　そりゃあ……僕も男だし、こういうの……う、嬉《うれ》しいけど……」

「う、嬉しいってなんですか！　シローのバカ！　不埒もの！」

「ごめんなさい⁉」

ぷいっとテトラはそっぽを向く。けれど背中の羽は何故《なぜ》だかパタパタしてて、お湯をぱちゃぱちゃさせていた。

「…………」

「…………」

またしばし、無言の時間が続く。テトラは恥ずかしそうに顔をお湯に半分つけてぷくぷくさせている。

史郎の方は……隣のテトラが気になりすぎるのと、あと身体の一部がちょっと大変なことになってるのが気が気じゃなかった。お湯が濁り湯で本当に良かった。

「……すいませんでした」

「え？」

先に沈黙を破ったのはテトラの方だった。

「あんな取り乱して、屋敷を飛び出して……淑女としてあるまじき行為でした。謝罪します」

「あ、あれは仕方ないよ。ぼ、僕の方こそごめんね？　その……びっくりしたよね？」

「……別に、シローは謝らなくてもいいんですよ？　シローは襲われてた側なんですし、仮にシローとメルがそういう関係だったとしても、テトラは怒れる立場じゃないですし」

「う、うん……」

「た、ただ……！」

テトラは振り絞るように声を出した。

「テトラは、嫌でした……！　シローが他の女の人とああいうことしてるの、すっごくすっごく嫌でした……！」

「え……」

目をパチリとさせて、史郎はテトラを見る。

テトラは顔を真っ赤にしてぷるぷる震えていた。

それが、一緒にお風呂に入って恥ずかしいからだけじゃないと史郎にもわかった。

「あの……さ」

「……なんですか？」

「テトラさんって……僕のこと、どう思ってるの？」

「し、知りません！」

テトラはぷいっとそっぽを向く。

けれど少しするとその視線がそろりそろりと戻ってくる。

「……シローが先に、テトラのことどう思ってるか言ってくれるなら、答えてあげなくもないです」

「うぐ……」

また沈黙が落ちた。

そのまま一分ほど無言の時間が続く。

一度深呼吸、史郎はゆっくりと口を開いた。

「僕、気になってる女の子がいるんだ」

「え」

怯《おび》えたような顔をしたテトラに、史郎はちょっと慌てた。

「あ、いや、その子はすごく遠い国から来た子で、その……最近は毎日一緒にいてくれる子、なんだけど……」

それで史郎が言ってるのが自分のことだと伝わったのだろう。テトラは頰《ほお》を染めてお湯をぷくぷくする。

「僕はその子のこと……大好きなんだけど……。その子ってすごく可愛くて……それになんというか、お嬢さまで。僕みたいな一般庶民じゃ釣り合わないって思うし……気持ちを伝えたら迷惑になるんじゃないか、なんて……考えちゃって……」

「じゃ、じゃあ！　……その女の子と両思いだってわかったら……どう、しますか……？」

「え……？」

「え……と？」

お湯の中でそっとテトラの手が史郎の手に重ねられた。

「…………」

テトラは何も答えないしこっちも見ない。

ただわずかに肩が震えている。必死に勇気を振り絞ってるんだと伝わってくる。

「…………」

史郎も勇気を出して、テトラの手を握り返す。

指を絡《から》めて、お互いの手に触れあう。

テトラの手は小さくて柔らかい。

やわやわと握ると、テトラもお返しのように触り返してくる。

お互い一言も話さない。けれど手のひらから伝わる温度がどんどん上がっていく。

「…………っ」

テトラの指が、史郎の指に絡んできた。心臓が高鳴りすぎて痛い。

お返しのように史郎からも指を絡める。お湯の中で恋人つなぎにして、ぎゅっと握ってみる。そうするとテトラもぎゅーっと握り返してくれた。もう幸せすぎてどうにかなってしまいそうだった。

大好きな女の子と一緒にお風呂に入って、こうやって気持ちを伝え合うように手を握り合って。

この街に来る前、『こんな青春が送れたらいいな』と夢想していた以上のことが起きている。頭がクラクラする。思考が溶けて、夢でも見ているんじゃないかとすら思えてくる。

そのまま時間が流れていく。

「しろー……」

トロンと蕩《とろ》けたようなテトラの声が風呂場に響く。

「しろーの血、飲んでも、いいですか……？」

「……うん」

この状況で吸血させたら絶対とんでもないことになるのに、史郎はつい頷いてしまった。

テトラはそっと史郎の正面に回り、首に腕を絡ませてくる。

肌と肌が触れあう。テトラの胸が史郎の胸に直接押し当てられて、ふよん、と形を変える。

テトラの甘い女の子の香りが鼻腔《びくう》をくすぐる。お風呂の中で触れあう柔らかな肌の感触が伝わってくる。

そして柔らかな胸から、早鐘のようなテトラの鼓動を感じる。

頭がクラクラして何も考えられない。心臓の鼓動がうるさいくらい響いている。

「ん、れろ……」

ちろりと、史郎の首筋をテトラの舌が這《は》う。

首筋に当たる熱い吐息とぬるりとした舌の感触。

チロチロと、テトラの舌が史郎の首筋を愛撫《あいぶ》する。もう何度もやっているのに、何度やっても慣れない吸血の作法だ。

「あ、あの！　今日はあんまり舐《な》めてくれなくてもいいから！」

「ん……そうなんですか？　でも、すぐに噛《か》んだら痛いですよ……？」

「だ、大丈夫だから！　テトラさんもお腹《なか》空《す》いてるでしょ？」

吸血鬼の唾液には麻酔のような効果があって、テトラはいつも史郎が痛くないように吸血の前には丹念に舐めてくれる。

だが今回は、こんな状況であまりペロペロされたらそれだけで大変なことになりかねない。

「……じゃあ、吸いますよ？」

テトラは何故かちょっぴり残念そうな顔をして、カプッと史郎の肌に歯を突き立てた。

「……っ」

鋭い痛みが走り、身体が強張《こわば》る。けれどすぐに身体から力が抜けていった。

「んっ……んくっ……」

こくんこくんと、テトラの喉《のど》が鳴る。いっぱい遊んだ後に家を飛び出したりしたから疲れていたのだろう、いつもより飲むペースが速い。

そして吸血に夢中になっているのか、史郎を抱きしめる腕にどんどん力がこもっていく。

柔肌が直接押しつけられて、その感触とぬくもりが史郎の理性をガリガリ削っていく。

「んっ、ぷはっ……」

少しして、テトラは口を離した。

「しろー……好き♡」

耳元で、甘く蕩けた声で囁《ささや》かれて、もう溶けてしまいそうになった。

「好き……好き……大好きです、しろー……♡」

これまでの分をぶつけるように、テトラは何度も甘く囁いてくる。

それだけじゃなくとろんとした蕩けた瞳《ひとみ》で見つめて、柔らかい身体をぐいぐい密着させてきて、そんなの、健全な男子高校生が堪えられるわけがなかった。

「あ、あの、テトラさん?」

「なんですか?」

「そ、そろそろ離れてほしいんだけど……」

「……いやです♪」

そう言って、ますますぎゅーっと密着してくる。……と、テトラは何かに気づいて目をパチリとさせた。

お湯に視線を落とす。史郎は真っ赤になって顔をそらす。

それでテトラも、史郎が今どういう状態なのか気づいてしまったようだ。にまーっと悪戯《いたずら》っぽく笑うと、史郎の耳元に唇を寄せた。

「ね、しろー……？　テトラのおなかに、しろーの元気なの、あたっちゃってますよ？」

「ごめんなさい!!！」

史郎は悲鳴のような声を上げて謝った。こういうことはメルに続いて本日二度目。しかも相手は大好きな女の子。

『自分はなんて節操がないんだ』と頭の中の史郎が悶絶している。

だがそんな史郎に、テトラはくすくす笑った。

「いいんですよ……？　これって、しろーがテトラに魅力をかんじてくれてるって、ことなんですよね……？」

「で、でも……！」

「ほかのおとこの人だったらいやだけど……しろーなら、うれしいです」

甘い声で、そんな爆弾みたいなことを耳元で囁かれたら史郎はもうたまらなかった。

そんな史郎に悪戯っぽく笑いながら、わざと自分の肌を密着させるように身体をくっつけてくる。

すべすべの柔肌に刺激され、史郎はたまらず呻《うめ》いた。

「テトラさ……あ、あんまり動かないで……」

「あは……♡　我慢してるしろー、かわいい……♡」

トロトロに蕩けたテトラの目。それがスッと細められる。

「じゃあ……こうしたら、しろーはどうなっちゃうんですかね……？」

それまで史郎の首に回されていた腕が動いた。

手が史郎の身体を滑るように肩、胸、脇腹《わきばら》と下りていき、そして……

「わぁ……すごい。男の人のって、こんなにカチカチになっちゃうんですね♡」

「テ、テトラさん駄目っ⁉　それ本当に駄目なや……～～～っ‼」

「どうしてだめなんですか……？」

「～～～～～～～っっっ⁉⁉」

テトラの手がゆっくりと動き始める。たちまち崖っぷちまで追い込まれてしまった史郎の耳元で、テトラは甘く囁く。

「男の人って、こうすると気持ちいいんですよね……？」

「あ……ぐう……っ」

「えへへ……しろー、きもちよさそう……かわいい……♡」

うわごとのように呟《つぶや》きながら、テトラはまたカプッと首筋に噛みついてくる。

手は止めないまま、ちゅうちゅうと血を吸われる。二重の快感に史郎は身もだえしつつも何とかこらえていた。

「ん……ちゅぅ……我慢しなくてもいいんですよ……？　テトラは、しろーにきもちよくなってほしいです……♡」

「だ、だめ……それは、だめ……」

歯を食いしばって必死にこらえる。今のテトラは酔っ払っているだけなのだ。そんなテトラを汚《けが》すようなことをするわけにはいかない。

「ふふ、しろー……テトラのためにがまんしてくれてるんですね……？　でも、ホントにいいんですよ……？」

そう言って、テトラは史郎に甘く囁いてくる。

「そもそも、いっしょにおふろに入って吸血なんてしたじてんで、えっちなことになるかもって、わかってましたから……」

「……っ⁉」

「だから、いいんです……しろーなら、テトラはいやじゃないんです……」

そこまで言って、テトラは史郎の耳に唇をくっつけるようにして、とどめの一言を放った。

「ちゃんと責任とってくれるなら……手だけじゃなくて……全部してくれたって……いいです

よ？」

「～～っ‼」

致命的だった。テトラのその一言は、崖っぷちでこらえていた史郎にとどめを刺すのには十分すぎた。たちまちのうちに限界が近づいてくる。

（も……もう……だめ……）

そうして史郎が限界を迎えそうになった……その時だった。

――コテン。

「……へ？」

まるで電池が切れたように、テトラの身体から力が抜けた。そのまま重力に従って湯船の中に沈んでいきそうになるのを見て、慌てて史郎は抱きとめる。

「すやぁ……」

見るとテトラはすやすやと気持ち良さそうに眠っていた。

テトラはいつも、吸血してお腹いっぱいになるとこんな感じで寝落ちしてしまう。なのでこれ自体はいつものことではあるのだが……。

「………」

命拾いしたような、残念でたまらないような。なんとも言えない気持ちで史郎はため息をつくのだった。

†

「よい……しょ」

お風呂での一件の後、史郎はテトラを寝室まで運んだ。

身体にタオルを巻いたテトラをベッドに寝かせ、布団《ふとん》を掛ける。そこまで終わってほーっと息を吐いた。

見るとテトラは相変わらず気持ち良さそうに、すやすやと眠っている。

「……〜〜〜っ」

あまりに無防備なその姿に、史郎は必死に自分を理性で抑えていた。

テトラが寝落ちしてしまってからも大変だった。

いつも通り寝室で寝落ちしたのならそのままベッドに寝かせて部屋に引き上げるのだが、お風呂でとなるとそういうわけにもいかない。

そんなわけでテトラをお湯から引き上げて、身体を拭いて、タオルを巻いて部屋まで運んできた。

その際、なんというか、いろいろと見たり触ったりしてしまった。

おまけに、大好きな女の子がお風呂であんなことをした後に、今も裸で熟睡しているのである。もう食べてくださいと言わんばかりのシチュエーションだ。

もちろん、史郎は眠っているテトラに変なことをする気は毛頭ない。……ないのだが、史郎も健全な男子高校生である。

本当に、いろんな意味で大変だった。

でもそれなのに、テトラにまったく悪感情がわかない。

むしろ、すやすやと眠っているテトラの寝顔を見ていると『自分のことをそれだけ信頼してくれてるんだ』と嬉しくさえ感じてしまう。

そして同時に、『その信頼を絶対に裏切っちゃいけない』という義務感も。

（……重症だなぁ）

苦笑いして、部屋に戻ろうかなと考えたその時だった。

「にゃっあーん!!（特別意訳：くそっ、じれってーニャ。ちょっとやらしい雰囲気にしてやるニャ）」

「へ？　わわわっ⁉」

これまで部屋の隅で気配を殺していたクロが、いきなり背中に壁蹴《げ》りの要領で跳び蹴りをかましてきたのだ。

完全に不意をつかれて史郎はバランスを崩した。テトラに向かって倒れ込んでしまい、咄嗟《とっさ》にテトラの頭の両横に手をついた。

どうにかテトラに激突するのは避けられて、ほっと息をつく。だがそれもつかの間のことだった。

「……しろー？」

「え」

テトラの目が開いて、史郎のことを見上げていたのだ。しかも体勢が非常にまずい。

今の体勢はテトラに覆《おお》い被《かぶ》さるような体勢で、まるで史郎がテトラの寝込みを襲っているように見えなくもない。

「ちちち違うから！　こ、これは……」

ちょんと、テトラが史郎の服をつまんだ。

「なんにも、しないんですか……？」

テトラは切なげな声で、そんなことを言ってきた。

「え……」

「テトラはあんなにがんばったのに、しろーからは、何もしてくれないんですか……？」

「……～～っ」

テトラは自分の気を引こうと、恥ずかしいのを我慢して一緒にお風呂にまで入ったのだ。

いくら鈍感な史郎でもそれくらいはわかる。

そして今のテトラが、自分に何か求めているのもわかってしまう。

とろんと蕩けた赤い瞳に、史郎の姿だけが映っている。

テトラはそっと手を伸ばしてきた。細い腕が史郎の首に絡んでくる。

けれど力は弱い。振りほどこうと思えば簡単に振りほどける。

だが史郎はその手を振りほどけなかったし、振りほどかなかった。

「テトラ……さん……」

頭がぼんやりして何も考えられない。顔を近づけると、テトラは逃げようともせず、目を閉じた。

「ん……」

唇が触れあう。柔らかな感触に脳が痺《しび》れる。

初めて味わった女の子の唇は温かくて、ふにふにだった。

甘い感触に、あっという間に溺れてしまいそうになる。

やがて唇を離すと、テトラは幸せそうにふにゃりと微笑《ほほえ》んだ。

「……えへへ、やっとしろーからも、こういうことしてくれましたね……？」

「ご、ごめん！　僕……」

「むぅ、そうやってあやまるのは減点です。女の子はこういうとき、お礼とか、感想とかききたいものなんですよ？」

「え、えっと……その……あ、ありがとう？　すっごく、幸せだった……」

「あは。しろー、顔まっかです」

「そ、それは仕方ないというか……。大好きな子と……キスしちゃったんだから……」

史郎がそう言うと、テトラもたちまち真っ赤になる。

「しろー……それって……どういう意味の、『好き』ですか……？」

「え」

「しろーがテトラのこと、どう思ってるのか……聞かせてほしいです……」

いくら鈍感でも、ここで何を言うべきかは流石にわかる。

恥ずかしいけれど、キスまでしておいて変に誤魔化《ごまか》すのは男として最低だ。だから、テトラの目を見て、はっきりと答えた。

「テトラさんのこと、世界で一番好き。お付き合いして、恋人になって、大人になったら結婚したいって、そう……思ってる」

「……～～～っ♡」

ここまでド直球に言われるとは思ってなかったのか、テトラは腕で恥ずかしそうに顔を隠してしまった。

「あの……テトラさん？　できたら返事、聞かせてほしいんだけど……」

「う～……、普段へたれのくせになんでこんな時だけグイグイくるんですかぁ」

腕をどかせたテトラの顔は真っ赤で、ちょっぴり涙目だった。けれどゴシゴシ涙を拭うと、

た。

そのまましばらく抱き合ってから身体を離すと……テトラはとろんとした目で史郎を見つめた。

「……はい。テトラも、しろーのことがだいすきです♡」

テトラは両手を伸ばして、ぎゅっと史郎に抱きついてくる。

幸せそうに微笑む。

「ね、しろー?」

「ん……なに?」

「……続き、したいです」

そう言って、テトラから史郎を抱き寄せる。史郎も抵抗しなかった。

「ん……」

再び唇が触れ合う。さっきよりも長く、強く押し付け合う。

「……しろー……もっと……」

テトラが史郎の首に腕を絡めてくる。息が荒くて、必死に自分を求めてくれてるみたいで、そんな仕草が可愛くてたまらない。

テトラがぎゅっとしがみついてきて、より身体が密着して……柔らかい胸や太ももが身体に当たって、頭が沸騰しそうになる。

「んん……っ。ちゅ……ん……」

さらにキスが深くなる。

テトラが唇の隙間《すきま》から舌を滑り込ませてきて、ビクッと身体を震わせた。

けれど、頭がぼんやりして、抵抗する気なんて起きなくて、そのまま受け入れる。

「あむ……ちゅ……」

舌と舌が絡み合う。ぬるぬるとした感触に脳が痺《しび》れる。テトラの舌はすごく熱くて、溶けてしまいそうだった。

「ん……しろー……」

「テトラさん……」

まるで夢みたいだったし、夢なら覚めないでほしかった。

大好きな女の子と、テトラとキスしている。

そのことが信じられないくらい嬉しくて、幸せだった。頭がぼーっとして、もうテトラのことしか考えられない。

しばらくそうしてキスを重ねた後、どちらともなく唇を離す。唾液が糸を引いてぷつりと切れた。テトラは蕩けきった顔で史郎のことを見つめる。

「ねぇ、しろー……？」

「ん……どうし、たの……？」

「えっちなこと、しませんか？」

一瞬うなずきかけたが、そこは最後に残された理性を総動員してなんとか堪えた。

「………そ、それは、駄目」

「だめ……ですか？　しろーとえっちなこと……したいです」

「あ、あのね？　そ、そういうのはまだ早いっていうか、僕まだ学生だし、テトラさんの家のこととかもあると思うし。ちゃんと結婚してからというか……」

「むぅ……しろーの甲斐性なし」

テトラはちょっぴり不満そうに言うけれど、本気で怒っている風ではない。

代わりにテトラは悪戯っぽく笑うと、「えい」と史郎《しろう》の腕を引っ張ってたちまち上下を入れ替えてしまった。今は史郎が下になり、テトラがそれに覆《おお》い被《かぶ》さっている体勢である。

史郎を見下ろして、テトラはちろりと舌舐《な》めずりする。

「あ、あの……テ、テトラさん？」

「まあ、しろーの言うことも一理ありますし、えっちなことは我慢します。でも代わりに今日は……いーっぱい、キスしちゃいますからね♡」

「え、あ、ちょ……んむ！」

史郎が何かを言う前にテトラはキスで唇を塞《ふさ》いでしまう。

そうしてその晩、史郎はテトラにたっぷりと堪能されるのだった。

エピローグ　毎晩ちゅーしてデレる吸血鬼のお姫様……♥

ちゅんちゅんと窓の外で小鳥の鳴き声が聞こえる。

「ううん……」

もぞもぞと、テトラは薄く目を開けた。

まだ眠くて目がとろんとしている。そのまましばらくぼーっとしていたが、自分が誰《だれ》かに抱きしめられているのに気づいた。

ぼんやりと視線を上げると……そこに史郎《しろう》の顔があった。

「しろー……♡」

寝ぼけた頭のまま、大好きな男の子の名前を呼ぶ。

それだけで胸がきゅーっとして……顔を近づけて、チュッと唇にキスをした。

「えへへー……♡」

もう胸が幸せでいっぱいでふにゃふにゃな笑顔を浮かべる。一回じゃ足りなくて、そのままチュッ、チュッ、チュッとキスを重ねる。そして……。

（…………って、テトラは何してるんですかあああああああっ⁉）

十回ぐらいキスを重ねた後、ようやく意識がはっきりした。

（いやほんとにテトラ何して……っていうかなんでテトラ裸なんですか⁉）

身体を起こして気づいたのだが、テトラの格好は裸体にタオルを巻いただけという全裸も同然の格好だ。

夏なので気温的には問題ないが、これで男性と同衾《どうきん》していたというのは淑女として非常にまずい。誰かに見られたらいろいろ言い訳できない。

（ま、まさかシロー……寝てるテトラにエッチなことを……⁉）

しばらくそんな感じに混乱していたが、冷静になってくると徐々に昨晩の出来事が脳裏に蘇《よみがえ》ってきた。

普段、史郎から吸血した時のことはよく覚えていないテトラだが、吸血衝動《きゅうけつしょうどう》の一件の時と同じく、何故《なぜ》か昨晩のことははっきりと思い出せてしまうのだ。

もちろん、昨晩自分がやったことも。

（うにゃああああああああああああっっっっっっっ‼‼）

テトラはベッドの上で悶絶《もんぜつ》する。

いや確かに、お風呂《ふろ》で吸血なんてした時点で多少のそういう展開も覚悟していたし、史郎との関係を進めたいという願いは叶《かな》ったのは間違いない。

ただ、それとこれとは違う話というか、恥ずかしいのはまた別なのだ。

昨晩からの出来事をまとめると……。

まいに焚《た》きつけられたのをきっかけに、お風呂に入っている史郎のもとに突撃して（ここまでは正気）

吸血して。

史郎の血を吸いながら手で…………なことをして。

そのまま眠ってしまって、裸のまま寝室まで運ばれて。

キスして。

告白して。

もう一回キスして。

エッチしたいっておねだりして。

そっからまたキスして。

いっぱいキスして。

さっきもまたキスして。

（んああああああああああああああ殺せですぅうううううういっそ殺せですぅうううううううううううううううううっっっっっ‼‼）

「ううん……」

そうして悶絶していると、史郎が小さく声を上げて飛び上がりそうになった。

史郎の目が開いて、隣でうずくまっているテトラを見る。

「あ……テトラさんおはよう……」

「きゃああああああああ⁉」

「ごふうっ⁉」

テトラは悲鳴を上げて、思い切り史郎を蹴《け》り飛ばした。史郎は情けない悲鳴を上げてベッドから転げ落ちる。

「い、今テトラは裸なんです！　着替えますから見ないでくださいっ！　見たら本気で怒りますからね⁉」

「う、うん。でも昨日はどっちにしろお風呂とかで……あ、ごめん。なんでもないです」

もうテトラが泣きそうだったので史郎は言うのをやめといた。

†

何はともあれテトラが服を着ると、二人はベッドの上で正座して向かい合った。

お互いに気恥ずかしいやら何やらでもじもじと顔を赤くしながら、ちらりちらりと様子をうかがっている。

しばらくその状態が続いたが……やがて先に口を開いたのは史郎の方だった。

「あの……テトラさん？」

「な、なんですか？」

「その……もしかして昨日のこと、覚えてる？」

「……～～～～っ」

史郎が問うと、テトラは顔真っ赤《まっか》でぷるぷるし始めた。どうやらテトラも昨夜のことを覚えているらしい。

「あの……ごめんなさい！」

史郎はその場で土下座した。

「……それは、何に対して謝ってるんですか？」

「そ、それは……酔っ払ってるテトラさんに、キスしちゃったこととか……あ痛っ⁉」

いきなりテトラに脳天をチョップされ、史郎は情けない悲鳴を上げた。見上げるとテトラがむすーっと、不満そうに頬《ほお》を膨らませている。

「ここでそれを謝るとか、マイナス百万点です」

「え、ええ？」

「……一度だけチャンスをあげますから、よーく考えてください」

ジトッとした目で睨《にら》まれて、史郎はだらだら冷や汗をかく。テトラが何を言いたいのか、よくわからない。

けれどここで間違えたらまた不機嫌にさせてしまうのは確実だ。史郎は必死に頭を回転させる。

と、その時だ。テトラの背後、テーブルの上でクロがスマホをぺしぺし叩《たた》いているのに気づいた。

それで史郎もハッとする。

「えっと……その、僕は……」

「……」

「僕は、その……テ、テトラさんのことが、好きです！　だからあらためて……お、お付き合い、してください！」

「っ！」

史郎がそう言った瞬間、テトラの表情がぱぁっと花が咲くように輝いた。

だがすぐにハッとして、コホンと咳払《せきばら》い。

不機嫌そうな顔をしてぷいっとそっぽを向いてしまう。……ずっと羽がパタパタしているが。

「ふ、ふん。仕方ないですね。シローがそこまで言うなら……お、お付き合い、してあげても……いいですよ？」

「ほ、ほんとに⁉」

「そ、そんなにはしゃがないでください！　は、恥ずかしいじゃないですか……」

「ご、ごめん……つい……」

「……でも、そういう風に喜んでくれるのは……嬉《うれ》しいです」

もじもじしながらそんなことを言うテトラに、胸がきゅーっとする。

「あらためてよろしくね、テトラさん」

「は、はい。よろしくお願いします」

なんとも気恥ずかしくて幸せな時間だった。

二人してもじもじして、ちらっと目が合うだけで恥ずかしくて、それでもこの幸せな時間にずっと浸っていたい。

……と、テトラがちょんと史郎の服をつまんだ。

「……えっと、ですね……」

テトラはもじもじしながら、上目遣《うわめづか》いに史郎を見上げる。

「キ……キス、してほしいです……」

「え」

目をぱちくりさせる史郎に、テトラもたちまち真っ赤になってしまう。

「か、勘違いしないでください！　こ、これはいやらしい意味じゃなくて！　その……や、やっぱり、女の子にとって、ファーストキスって大切で……でも、テトラのファーストキス、酔っ払ってて……だから……」

テトラは潤んだ瞳《ひとみ》で史郎を見上げる。

「ちゃ、ちゃんと……シローとファーストキス……したいです……」

正直、あらためてこう言われるとものすごく照れくさい。

けれど、男として、テトラの恋人として、これを断るわけにはいかない。

「……うん、わかった」

史郎はテトラの手を優しく握る。そのまま顔を近づけると……テトラもゆっくりと目を閉じた。

「ん……」

軽く唇が触れ合う。

テトラは昨日のように大胆なことはしなかったけれど、代わりにおずおずと史郎のキスを受け入れてくれる。

緊張しているのか肩が震えていて、そんな奥ゆかしいところがとても可愛《かわい》い。

やがて唇を離すと、二人とも恥ずかしそうに頬を染めた。なんなら昨日の時より気恥ずかしいかもしれない。

「……やっぱりなんか、恥ずかしいね」

「そ、そうですね」

そうして互いに笑い合う。

甘ったるくて、ふわふわした、幸せな空気が二人を包んでいた。

そのまましばらくいちゃいちゃして、いい時間なので二人で一階の食堂まで下りてきた。

キッチンの方を覗《のぞ》くと、メルが朝食を作っていた。

「お、おはようございます、メルさん」

「おはようございます」

そう言って、メルは視線をそらしてしまう。何やら様子がおかしい。

「あの……どうかしました？」

「もしかして昨日のこと気にしてるんですか？　テトラはもう怒ってないですよ？」

「い、いえ……その……昨晩、杉崎《すぎさき》様を送って帰ってきた後、お嬢さまの寝室を覗いたのですが……その……」

メルは恥ずかしそうに頬を染めて……ぽそりと呟《つぶや》いた。

「お嬢さまが、シロー様と裸で抱き合って眠ってらっしゃったので……」

「ぴゃっ⁉」「ちょっ⁉」

テトラが奇声を発し、史郎は変な声を上げる。

昨晩、二人はそのまま寝落ちしてしまったのだ。

要するにテトラは男性である史郎と裸で抱き合って眠っていたわけで……端から見ると、どう見てもそういうことである。

「あ、あの！　私《わたくし》はメイドですしあまりそういうことに口を出すつもりはありませんが、せめて避妊はちゃんとするべきかと……」

「待ってくださいメルさん違いますあれはそういうんじゃないです！」

「そ、そうです！　誤解です‼」

二人で慌てて否定するが、どうも照れ隠しであると思われているようでまったく信じてもらえない。

最終的にはこの話がテトラの家まで行ってしまい、ちょっとした騒動になるのだが、それはまた少し先の話。

あとがき

『今回はギリギリを狙っていきたいな……よし、ちょっとやり過ぎなぐらいで書いてみよう。ヤバい部分は編集さんが止めてくれるだろう』と、いくらかカットされること前提で書いたら全部そのまま通って内心ちょっと焦ってます。岩柄イズカです。

ええ、正直後半のメルさんのあれとかお風呂でのあれとかは流石に『めっ！』されるかなと思ってました。

これを親とか知り合いに読まれるわけか、ふふふ……（遠い目）

何はともあれ楽しんでいただけたなら幸いです。

Ｘ（旧Ｔｗｉｔｔｅｒ）の方で感想とか呟いてもらえたら見に行きますのでよかったらぜひぜひ。

最新情報やちょっとした小話なども時々載せますのでフォローも大歓迎です。

三巻が出せましたらさらにＧＡ文庫の限界に挑んでいこうと思うのでお楽しみに（笑）

最後になりましたがここまで読んでくれた読者の皆様、担当編集のさわおさんやイラストのかにビーム先生、この作品の製作に携わった方々に心からの感謝を。

これからも頑張っていきたいと思いますので、応援よろしくお願いします。

ファンレター、作品の
ご感想をお待ちしています

〈あて先〉

〒105-0001
東京都港区虎ノ門2-2-1
ＳＢクリエイティブ（株）
GA文庫編集部 気付

「岩柄イズカ先生」係
「かにビーム先生」係

本書に関するご意見・ご感想は
右の QR コードよりお寄せください。

※アクセスの際や登録時に発生する通信費等はご負担ください。

https://ga.sbcr.jp/

毎晩ちゅーしてデレる吸血鬼のお姫様２

発　行　　2024年6月30日　初版第一刷発行

著　者　　岩柄イズカ

発行者　　出井貴完

発行所　　SBクリエイティブ株式会社
〒105-0001
東京都港区虎ノ門2-2-1

装　丁　　AFTERGLOW

印刷・製本　中央精版印刷株式会社

ISBN978-4-8156-2303-6
Printed in Japan

GA文庫

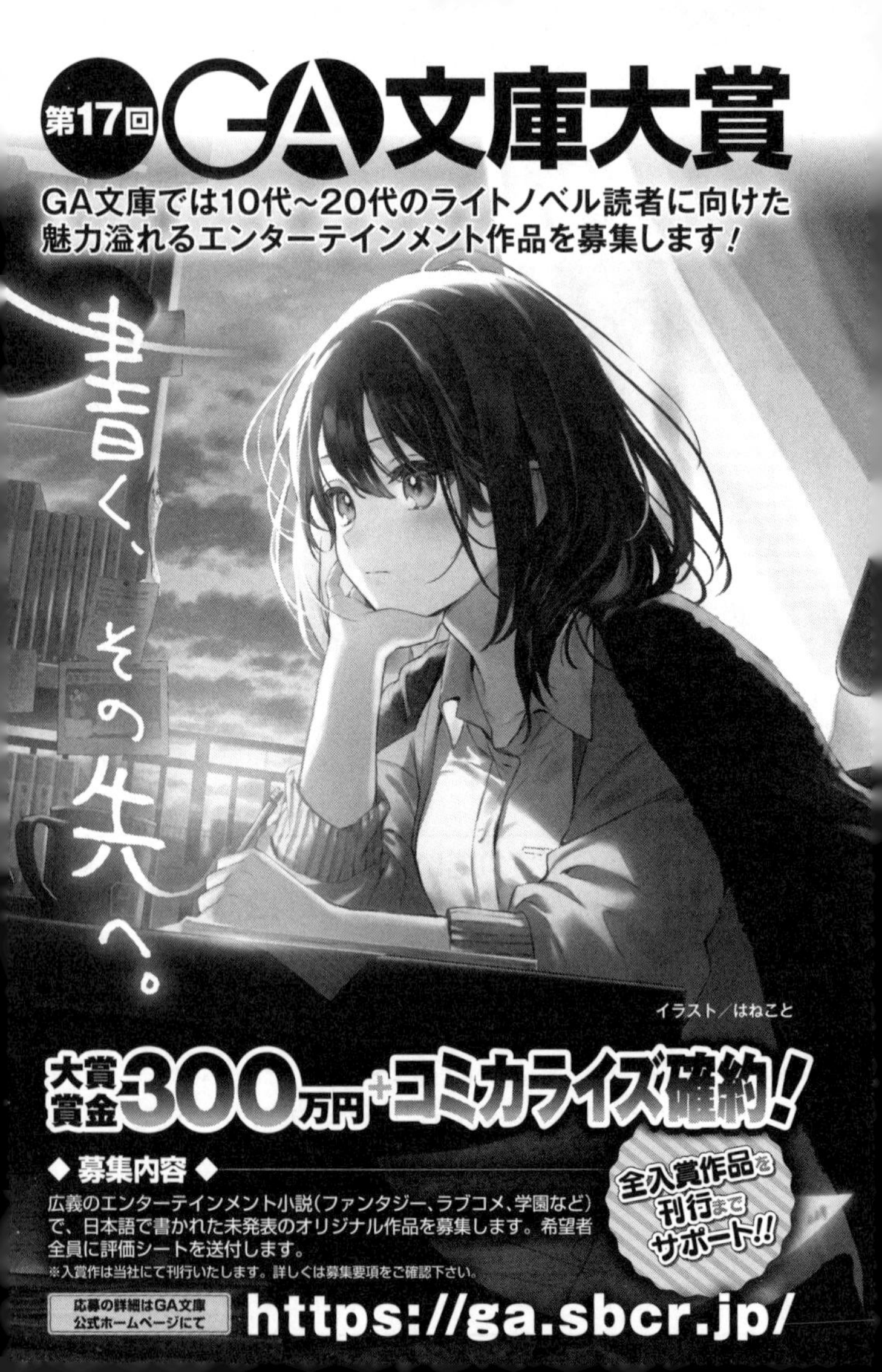
第17回 GA文庫大賞
GA文庫では10代~20代のライトノベル読者に向けた
魅力溢れるエンターテインメント作品を募集します！
書く、その先へ。
イラスト／はねこと
大賞賞金300万円+コミカライズ確約！
◆ 募集内容 ◆
広義のエンターテインメント小説（ファンタジー、ラブコメ、学園など）で、日本語で書かれた未発表のオリジナル作品を募集します。希望者全員に評価シートを送付します。
※入賞作は当社にて刊行いたします。詳しくは募集要項をご確認下さい。
全入賞作品を刊行までサポート!!
応募の詳細はGA文庫公式ホームページにて
https://ga.sbcr.jp/